KB214099

잠들기 전 하루 10분

필사의 시간

● **일러두기**

1. 저작권이 명확하지 않은 작품이 있을 수 있습니다. 이 경우, 추후 저작권이 확인되는 대로 적법한 절차를 진행하도록 하겠습니다.
2. 인명 및 지명은 국립국어원의 외래어 표기법에 따라 표기했으며, 규정에 없는 경우는 현지음에 가깝게 표기했습니다.
3. 도서나 장편소설은《 》로, 시, 희곡, 평론, 연설문, 잡지 등은〈 〉로 표기했습니다.
4. 본문 44페이지의〈베니스의 상인〉은 영국의 극작가 셰익스피어의 5막 희극으로, 단편소설이 아닌 희곡이지만 편의상 '1장 세계의 명단편' 안에 수록했습니다.

잠들기 전 하루 10분

필사의 시간

유하 지음 | 노동욱 감수

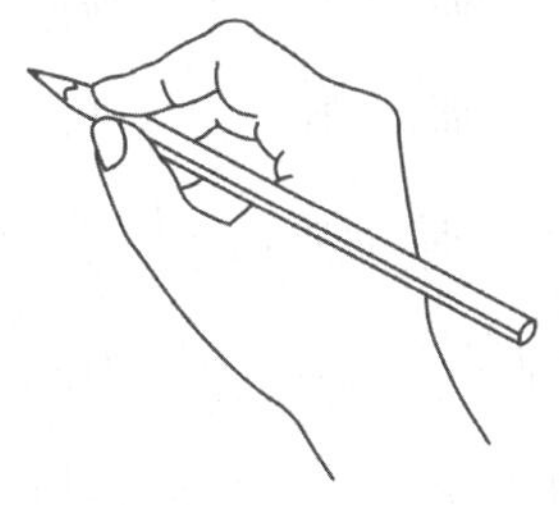

생각의창

인류가 쓰는 지상의 모든 언어 중
최고는 눈물이다.

_D. H. 로렌스

명작의 향기 속에서 건져 올린 필사하기 좋은 문장

"사람은 무엇으로 사는가?"

대문호 톨스토이의 단편소설 제목이기도 한 이 물음을 입에 달고 산 적이 있습니다. 그렇게 절망적이거나 염세적으로 살지 않았음에도 이 물음의 답을 찾는답시고 여기저기 참 많이도 헤매고 다녔습니다. 밤새 술주정으로 친구들을 힘들게 하면서 말입니다. 왜 그랬는지는 잘 기억이 나지 않습니다. 그냥 감명 깊게 읽은 소설의 제목이 좋아서였을 수도 있고, 뭔가 있는 척 폼 한번 잡아 보려고 그랬을 수도 있습니다. 물론 제대로 된 답도 찾지 못했습니다.

톨스토이의 소설 속 답보다 더 그럴싸한 답을 찾지는 못했지만, 그래도 꽤 고상한 시간을 보낸 건 사실입니다. 세월이 흘러 "사람은 사람답게 살기 위해 무엇이 필요한가?"로 발전했으니까요. 이 질문에 대한 답 역시 아직 찾지 못했습니다. 그러나 어느 순간 그 답을 필사에서 찾으면 어떨까 하는 생각에 이르기는 했습니다. 그 뒤 실제로 명문장들을 찾아 필사하는 재미에 푹 빠져 지내기도 했고요. 아마 제 딴에는 읽고 쓰고 생각하는 과정을 통해 원하는 답을 찾고자 했던 것 같습니다.

어휘력이니 문해력이니 하는 말들이 지금의 챗GPT 시대에 널리 회자되고 있습니다. 이것은 무엇을 의미하는 걸까요? 우리는 분명 지금 챗GPT가 자유자재로 구사하는 어휘력과 문장력을 보며 살고 있습니다. 하지만 감동을 받으며, 눈물까지 흘려 가며, 읽고 쓰고 생각하고 말할 수 있는 건 그야말로 인간만이 할 수 있는 독창적인 분야입니다. 그래서 어휘력이나 문해력 강화의 이야기가 나오는 겁니다.

이런 어휘력, 문해력 등과 관련해서 자주 언급되는 것이 바로 필사입니다. 그런데 저는 필사의 중요성을 주장하는 전문가들의 이야기를 들으면 쏟아지는 질문을 주체할 수가 없습니다. 주로 이런 질문들입니다.

> 필사가 그냥 베껴 쓰기만 하면 되는 건가요? 무조건 따라 쓰면 어휘력이 좋아지고 문해력이 향상되나요? 읽기에서 끝나지 않고 힘들게 쓰기 과정을 거치는 이유는 무엇인가요? 감동이 없는 행위 뒤에는 무엇이 남을까요? 고단함만 남지 않을까요? 가슴에 남는 문장 하나쯤 건질 수 없다면 왜 읽고 쓰기를 해야 할까요?

우리는 세상을 살면서 몰라서 못 쓰는 문장이 있는가 하면, 알지만 어떤 순간에 어떻게 써야 할지 몰라 못 쓰는 문장도 있습니다. 후자의 경우, 무조건 읽으며 암기한다고 해결되지 않습니다. 제 짧은 소견이지만, 이 문제의 해결 방법은 문장을 따라 써가며 생각하는 과정, 다시 말해 명상의 시간이 필요합니다. 그리고 그 명상 끝에 이 세상 딱 한 사람, 자신에게만 전하는 글쓰기를 할 수 있다면 더할 나위 없게 되는 것이고요.

저는 그동안 제가 읽었던 명작 중에서 필사하면 좋을 것 같은 문장들을 골라 스스로 필사의 시간을 가졌습니다. 필사를 하게 된 개인적인 이유는 남보다 더 많이 읽고, 더 잘 쓰고, 더 깊이 생각하고, 더 멋지게 말하고 싶어서였습니다. 어쨌든 읽기만 했을 때는 몰랐던 가슴속 울림이 느껴졌습니다. 문장들에 스며든 의미를 곱씹으며 명상의 시간 또한 가졌습니다. 그 과정을 거친 후 책으로 이렇게 여러분을 만나고 있습니다.

필사하며 명상할 수 있도록 철저한 교열 과정을 거친 후 저만의 방식으로 문장을 배열했습니다. 그리고 매일매일 겪게 되는 세상살이의 고됨과 치사함을 떨쳐 내고 잠들 수 있기를 바라는 마음에서 잠들기 전 10분의 시간을 필사의 시간으로 정했습니다. 꿈속에서의 편안한 시간은 덤으로 가져가길 바라면서요.

스스로가 누구인지, 어떻게 살아야 하는지, 무엇이 '나'를 '나답게' 하는지 명작들의 세계에서 알게 되기를 바라는 마음 큽니다. 그것이 명작의 필사가 주는 힘이라고 생각하기 때문입니다. 지금껏 알 수 없었던 '세상'에서 이제는 조금이나마 알 수 있을 것 같은 '세상'으로의 여행을 시작합시다.

읽고, 쓰고, 감동하며 명상에 잠기는 이 책은 다음과 같이 구성되어 있습니다.

1장에서는 소위 우리가 명작이라고 일컫는 '세계 명단편' 속 문장들을 담았습니다. 모든 작품이 그 자체로도 세계적인 명성과 역사를 간직하고 있으므로 작품 전체를 필사하면 좋겠지만, 여기서는 제가 감명받은 짧은 문장들을 주로 소개했습니다. 필사하기 좋을 만큼의 길이로 소개하느라 작품의 진가가 훼손될까 염려가 됩니다. 여러분 스스로가 작품 전체를 읽는 시간을 가졌으면 좋겠다는 바람이 여기에 있습니다.

2장에서는 세계의 명시들을 담았습니다. 무엇보다 저 스스로 읽으며 울컥했던, 그래서 가슴에 지금껏 머물러 있는 시들을 주로 다루었습니다. 시의 특성상 전문을 소개하려 노력했고, 원문에 충실하려는 노력 또한 게을리하지 않았습니다. 가슴에 남는 시 한 편쯤 외우고 있으면 삶이 좀 편안할 거라는 생각입니다. 노래의 18번처럼요.

3장에서는 대문호라 칭송받는 세계적인 작가들의 말을 명언이라는 형식을 빌려 소개했습니다. 대문호들의 사상을 알 수 있는 것이 그들의 말이라고 생각합니다. 시와 마찬가지로 길이의 문제를 고민하지 않아도 되는 편리함 때문에 대문호들의 말을 있는 그대로 소개했습니다. 가슴을 울리는 대문호들의 명언을 통해 삶의 좌우명 하나쯤 다시 만드는 시간이 되었으면 좋겠습니다.

4장에서는 세계 유명인들의 연설을 발췌해서 수록했습니다. 그들의 연설이 어떻게 세상을 바꾸는 힘이 되었는지, 왜 '명' 자가 붙어 명연설이라 일컬어지는지 고개를 끄덕일 수 있는 문장을 선별했습니다. 연설이 행해진 역사적인 배경과 시대 상황을 파악할 수 있도록 연설 주인공의 소개도 빼놓지 않았습니다.

문장들 하나하나를 눈으로만 읽지 않고 손으로 필사하며 집중할 때, 명문장의 울림과 그 작가의 정신세계가 여러분 가슴에 자연스레 스며들 것으로 믿습니다.

무엇보다 작품의 명성에 누가 되는 발췌가 아니기를 바랍니다. 명작이지만 시대를 달리하는 관계로, 고루하다는 비판이 있을 수 있습니다. 그러나 일상에서 흔히 읽을 수 없는 작품이 되었거나 읽고 나서 잊어버린 작품이 되었기 때문에, 그런 작품들을 마주할 수 있는 기회를 제공하고 싶었습니다. 저의 이 마음이 여러분의 가슴에 가닿기를 바라며 부족한 세세함과 깊이는 앞으로 더 채워 나가도록 하겠습니다.

이번엔 주로 서양의 작품들을 선정했습니다만, 기회가 되면 동양의 고전들에서 찾은 문장의 향기들도 널리 퍼트리고 싶습니다.

매일, 매월, 매년 편안한 잠 주무시길 바랍니다.

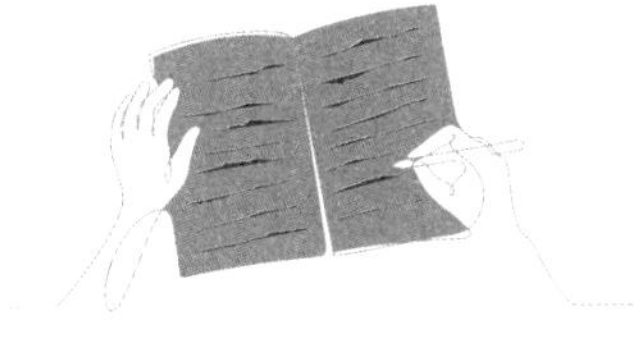

차례

2장 세계의 명시

명시의 향기를 맡으며

3장 세계 대문호들의 명언

명언의 감동 속으로

4장 세계 유명인들의 명연설

명연설의 울림이 퍼질 때

1장

세계의 명단편

명작 속
명문장을 찾아서

흔히들 들어 봤을 만한 문구가 하나 있습니다.

'누구나 한 번쯤은 꼭 읽어야 할 세계 명작 단편소설!'

이 문구는 주로 책을 홍보하는 카피 형태로 활용이 되지만, 간혹 이런 작품을 읽지 않으면 지성인이 될 수 없다는 경고성 메시지로 인식되기도 합니다. 어쨌든 이 문구 속 작품들이 세월이 흘러도 변함없이 칭송받고 있는 건 사실입니다. '고전에 길이 있다'거나 '고전에 묻는다' 등의 말들 속 작품들이기도 합니다. 그리고 이런 작품을 쓴 유명한 작가는 앞에 '대大' 자가 붙어 대작가, 대문호로 추앙받습니다.

이처럼 누구나 이름만 들어도 알 수 있는 대작가가 쓴 작품을 우리는 소위 명작이라고 부릅니다. 교양인의 필독서일 뿐만 아니라 교과서에서도 소개가 됩니다. 그렇게 되기까지의 이유가 있을 법한데 무엇일까요? 이 작품들은 어떻게 세계 문학사에 길이 남는 보석이 되었을까요?

시대와 상황에 따라 다르겠지만, 사람의 가슴을 파고드는 그 작품만의 강렬하고도 깊은 감동이 있기 때문입니다. 그리고 그 감동은 한결같이 작품 속 명문장들로 인해 깊이를 더합니다.

이번 장에서 소개하는 단편소설들은 그런 대작가들의 작품입니다. 순전히 개인적인 발췌이긴 하지만, 반짝반짝 빛나는 문장만을 수록하려고 노력했습니다. 필사하기 좋은 글의 길이를 생각하지 않을 수 없어서입니다.

1초 전도 과거라고 생각해서 지나간 시간을 돌아보며 안타까워하지 않으려 노력하는 편입니다. 그만큼 크게 회한이 있는 삶을 살진 않지만 '앎'이 제게 준 후회가 하나 있습니다. 바로 깊이 있는 책 읽기가 부족했다는 자책입니다. 눈으로만 읽었던 지난 시간의 저에겐 '남은 것'이 하나 없는 다독만이 덩그러니 있습니다. 별것도 아니면서 남들에게 자랑하기 좋은 것이 다독입니다. 저 또한 이것도 읽었고 저것도 읽어 봤다는 자랑을 참 많이도 하며 살았습니다. 뭐 대단한 지식인이라도 되는 양 거만을 떨면서요.

이런 후회 끝에 찾은 것이 '많이 읽는 것'이 아닌 '깊이 올바로 읽기'입니다. 그리고 그러기 위해선 필사의 도움이 필요하다는 것을 뒤늦게 알게 되었습니다. 저 개인적으로는 필사를 시작한 지 얼마 되지 않았습니다. 그만큼 이 책의 목적은 어휘력이나 문해력 향상에 있지 않습니다. 그쪽 분야의 전문가도 아닙니다. 그저 감명 깊게 읽고 쓰며 명상하기를 바랄 뿐입니다. 그리고 그 끝에 '자기만의 글'을 쓸 수 있으면 그보다 더 좋을 게 없겠습니다.

필사의 시간이 끝나면 가슴에 스며든 명작 속 명문장과 함께 편안한 잠 주무시길 바랍니다.

가난한 사람들

빅토르 위고
Victor-Marie Hugo

다른 한편으로 생각하면
부지런히 노력하며 산다는 것만큼 값지고 보람 있는 일도 없다.
아이들은 신발도 없이 맨발로 뛰어다니며 놀았다.
검게 그을린 빵이나마 아이들에게 매일 먹일 수 있다면 얼마나 좋을까!
그래도 바닷가에 사는 덕분에 생선만큼은 가끔 얻어 먹일 수 있었다.
제대로 입히고 먹이지 못하는 데도
아이들이 건강하게 잘 자라줘서 그저 감사할 따름이다.

(중략)

■ 《레 미제라블》로 유명한 빅토르 위고는 프랑스의 시인이자 극작가(1802~1885)입니다. 낭만주의의 거장으로 불리며, 자유주의적이고 인도주의적인 경향을 풍부한 상상력과 장려한 문체로 그려 냈습니다. 작품으로는 희곡 〈에르나니〉와 시집 《동방 시집》, 소설 《노트르담의 꼽추》 등이 있습니다.

쓰는 시간 월 일 시

머리를 뒤로 젖히고 입을 벌린 채 싸늘하게 굳어버린
그 얼굴에는 절망과 고뇌가 꽁꽁 얼어붙어 있었다.
게다가 죽으면서까지 뭔가를 붙잡으려 했는지
쭉 뻗은 파르스름한 손은 지푸라기 침대 아래로 축 처져 있었다.
그리고 죽은 여인의 발치 아래
때에 찌든 이불 속에 아이들이 누워 있었다.
비록 얼굴이 창백하고 살집이 없었지만,
금발의 예쁘장한 두 아이가 서로 얼굴을 맞댄 채 잠들어 있었다.
맹렬한 폭풍우에도 아랑곳하지 않고
아이들은 곤히 잠을 자고 있었다.
죽은 여인은 마지막 순간까지도 아이들 몸을
헌 이불로 감싸 주고 자기 옷을 아이들에게 덮어 준 모양이다.
죽음보다 강한 어머니의 사랑이었다.

쓰는 시간 월 일 시

검은 고양이

에드거 앨런 포
Edgar Allan Poe

충직하고 총명한 개에게 애정을 품어 본 적이 있는 사람이면
그로 인한 만족감이 어떤 것이고 얼마나 강렬한지를
굳이 설명하지 않아도 잘 알 것이다.
짐승의 사심 없고 자기희생적인 사랑에는
한낱 인간의 변변찮은 우정과 가볍기 그지없는 신의에
자주 시달려 본 사람의 마음을 뭉클하게 하는 무언가가 있다.

(중략)

■ 에드거 앨런 포는 19세기 미국의 시인이자 소설가, 그리고 평론가(1809~1849)입니다. 환상적이고 괴기스러운 단편소설로 유명하며, 추리소설의 아버지라고 불립니다. 음악적인 시를 짓기도 했는데, 이는 샤를 보들레르 등 프랑스 상징주의 시인들에게 큰 영향을 미쳤습니다. 작품으로는 시 〈갈까마귀〉, 〈애너벨 리〉, 단편소설 〈황금 풍뎅이〉, 〈검은 고양이〉, 〈어셔가의 몰락〉 등이 있습니다.

쓰는 시간 월 일 시

이렇게 고통에 짓눌리다 보니

나에게 남아 있던 한 가닥 선의마저도 굴복하고 말았다.

가장 어둡고 사악한 생각들이 내 유일한 친구가 되었다.

평소 내 기질상의 침울함이 모든 사물과 인류에 대한 증오로 커져 갔다.

그러는 동안 나는 자주, 갑작스럽게,

억제할 수 없는 분노의 폭발에 맹목적으로 몸을 맡기게 되었다.

그럴 때마다 그로 인한 고통을 참으며 일상적으로 견뎌 낸 사람은…

아! 그건 바로 불평할 줄 모르는 내 아내였다.

우리는 가난해서 어쩔 도리 없이 낡은 집에서 살았는데,

어느 날 집안일로 아내와 함께 지하실에 내려갔다.

그때 가파른 계단을 뒤따라오던 고양이 때문에

나는 하마터면 곤두박질칠 뻔했고, 그만 미칠 듯이 화가 치밀었다.

분노 때문에 이제껏 내 손을 붙들고 있던

어린아이 같은 두려움을 잊어버리고,

나는 도끼를 들어 올려 고양이를 내리찍으려 했다.

쓰는 시간　　월　　일　　시

귀여운 여인

안톤 체호프
Anton Pavlovich Chekhov

"세상일은 이미 다 정해져 있는 겁니다."

그 남자는 동정 어린 목소리로 절실하게 말했다.

"그러니까 가족 중 누가 세상을 떠났다 해도 그것은 신의 섭리인 겁니다.

그러니 우리는 남은 삶을 더 열심히 살아야 합니다."

그 남자는 올렌카를 집 앞까지 바래다주고는 작별 인사를 하고 돌아갔다.

(중략)

■ 안톤 체호프는 러시아의 소설가이자 극작가(1860~1904)입니다. 인간의 속물성을 비판하고 휴머니즘을 추구하는 작품들을 주로 썼으며, 시대의 변화와 요구에 대한 올바른 목소리를 내기 위해 저술 활동을 했습니다. 작품으로는 소설 〈육호실〉, 〈귀여운 여인〉, 희곡 〈벚꽃 동산〉, 〈세 자매〉, 〈바냐 아저씨〉, 〈갈매기〉 등이 있습니다.

쓰는 시간 월 일 시

그러나 그 무엇보다도 큰 불행은
자기 생각이 아예 없어졌다는 것이다.
눈으로는 여러 대상을 바라보고,
주위에서 일어나는 것을 이해할 수 있었다.
그러나 어떤 것에 대해서도
의견을 정리하지 못해 무슨 말을 해야 할지 몰랐다.
이렇게 자기 생각을 전혀 갖지 못한다는 것은 정말 무서운 일 아닌가!
이를테면 병이 하나 있는 것을 보거나 비가 내리는 것을 보고도,
혹은 달구지를 타고 가는 농부를 분명히 보고도
그 병이나 비, 농부가 어떤 의미인지 알 수 없었다.

쓰는 시간 월 일 시

마지막 잎새

오 헨리
O Henry

그것은 지난 5월의 일이었다.

11월이 되자 의사들이 폐렴이라고 부르는,

눈에 보이지 않는 냉혹한 낯선 손님이

얼음장 같은 손으로 마을 여기저기를 쓰다듬고 다녔다.

이 사나운 파괴자는 마을 동쪽을 대차게 누비며

수많은 환자를 만들어 내더니,

이 좁다랗고 이끼 낀 집의 미로에는 살금살금 걸어 들어왔다.

(중략)

■ 오 헨리는 미국의 소설가(1862~1910)입니다. 본명은 윌리엄 시드니 포터William Sydney Porter이고, 10년 남짓한 작가 활동 기간 동안 서민 생활을 소재로 유머와 애수가 넘치는 단편소설을 300편 가까이 썼습니다. 작품으로는 〈마지막 잎새〉, 〈크리스마스 선물〉, 〈이십 년 후〉 등이 있습니다.

쓰는 시간 월 일 시

날이 밝자 존시는 커튼을 올려 달라고 졸랐다.

그런데 담쟁이 잎은 여전히 그 자리에 그대로 있었다.

누운 채로 오랫동안 그 담쟁이 잎을 바라보던 존시는

가스난로 위 닭고기 수프를 젓고 있는 수를 불렀다.

"내가 나빴던 것 같아, 수." 존시가 말했다.

"내 생각이 잘못되었단 걸 알려 주려고

뭔가가 저기에 마지막 잎새 하나를 남겨 둔 것 같아.

죽기를 바라는 건 일종의 죄악이야.

수프를 좀 줄래? 포트와인을 약간 넣은 우유도 좀 줘.

아니야. 그전에 먼저 손거울을 좀 줘. 그리고 베개도 좀 높게 받쳐 주고.

앉아서 네가 요리하는 걸 볼래."

쓰는 시간 월 일 시

목걸이

기 드 모파상
Guy de Maupassant

그녀의 취향은 단순했다.

왜냐하면 다른 어떤 것도 살 여력이 없었기 때문이다.

그녀는 마치 신분이 낮은 사람과 결혼한 것처럼 불행해했다.

여성에게는 계급이나 계층이 없다.

여성의 아름다움, 우아함, 매력은 그들의 출생이나 가문을 대신한다.

그리고 여성의 자연스러운 섬세함, 타고난 우아함, 재치 있는 기지는

그들의 신분의 표식이 되어 슬럼가의 여자를

나라에서 가장 높은 신분의 여자와 동등하게 만든다.

그녀는 자신이 세상 모든 고상함과 사치를 누리기 위해

태어났다고 믿었기에 끊임없이 고통받았다.

초라한 집, 낡은 의자와 추레한 커튼, 더러운 벽 따위가

그녀에게 고통을 주었다.

(중략)

■ 기 드 모파상은 단편소설의 아버지로 불리는 19세기 프랑스 소설가(1850~1893)입니다. 데뷔작인 단편 〈비곗덩어리〉를 발표해서 명성을 얻은 대표적인 사실주의 작가입니다. 작품으로는 《여자의 일생》, 《벨 아미》 등이 있으며, 특히 《여자의 일생》은 프랑스 사실주의 문학이 낳은 걸작으로 평가됩니다.

쓰는 시간 월 일 시

이런 생활이 10년간 계속되었다.

그리고 그들은 10년 만에 드디어 모든 빚을 갚았다.

고리대금업자의 수수료와 쌓여 있던 이자까지 모두 말이다.

루아젤 부인은 이제 나이 들어 보였다.

그녀는 억세고 투박하며, 거칠고 초라한 가정주부가 되어버렸다.

머리는 제대로 빗지도 않고, 치마는 아무렇게나 걸어 올리고, 손은 시뻘겠다.

카랑카랑한 목소리로 얘기하고,

물을 사방에 튀기며 마룻바닥을 문질러 닦았다.

하지만 어쩌다 남편이 일하러 가고 없을 때면,

그녀는 창가에 앉아 오래전 그 저녁을 떠올렸다.

자신이 매우 아름다웠고 많은 이들의 찬사를 받았던 그 무도회를 말이다.

그 목걸이를 잃어버리지 않았다면 어떻게 되었을까?

어찌 알겠는가? 어찌 알 수 있단 말인가?

인생이란 이 얼마나 이상야릇하고 변덕스러운 것인가!

얼마나 사소한 일로 파멸하기도 하고 구원받기도 하는가!

쓰는 시간 월 일 시

밀회

이반 투르게네프
Ivan Sergeevich Turgenev

내가 보기에는,
붉고 탄력이 넘치며 뻔뻔스럽게 생긴 것이
나 같은 남자들에게는 비호감이지만
유감스럽게도 여자들에게는 인기가 많을 것 같은 얼굴이었다.
그는 초라한 자기 몰골을 늠름하게 보이려고 애썼다.
원래 조그마한 잿빛 눈을 더 가늘게 뜨면서
오만상을 찌푸리기도 하고, 입술을 실룩거리기도 하고,
하품을 하기도 했다.

(중략)

■ 이반 투르게네프는 러시아의 소설가(1818~1883)입니다. 농노 해방을 전후한 시기를 제재로 러시아의 전원田園을 묘사했으며, 농노제를 꾸준히 비판했습니다. 작품으로는 한 소년의 애틋한 첫사랑을 묘사한 《첫사랑》, 부자父子 2대의 사상적 대립을 묘사한 《아버지와 아들》 등이 있습니다.

쓰는 시간 월 일 시

나는 잠시 그곳에 멍하니 서 있었다.

한참이 지나서야 나는 꽃다발을 주워 들고

숲을 지나 들판으로 나왔다.

푸른 하늘에 나직이 걸린 햇빛마저

해쓱하고 싸늘한 느낌이 들었다.

태양은 빛을 발하는 것이 아니라

푸른 바다에서 헤엄치는 것 같았다.

해가 질 시간이 30분밖에 남지 않았지만,

저녁놀은 이제야 서쪽 하늘을 천천히 물들이고 있었다.

추수가 끝난 누런 밭두둑에 거센 바람이 몰아쳤다.

자그마한 가랑잎 하나가 갑자기 공중으로 날아오르더니

내 곁을 지나 한길을 건너서 숲을 따라 날아갔다.

쓰는 시간　　월　　일　　시

베니스의 상인

윌리엄 셰익스피어
William Shakespeare

겉으로 보기에 친절한 이 제안은
안토니오를 무척 놀라게 했다.
한술 더 떠서 샤일록은 3천 두카트를 흔쾌히 빌려주겠으며,
그 돈의 이자는 한 푼도 받지 않겠다고 했다.
샤일록은 단지 자기와 함께 변호사에게 가서
'만일 정한 날짜에 돈을 갚지 못하면 샤일록 마음대로
안토니오의 몸에서 살점을 1파운드 베어 내도 좋다'는 계약서에
장난삼아 서명만 하면 된다고 덧붙였다.

(중략)

■ 윌리엄 셰익스피어는 영국이 낳은 세계 최고의 극작가이자 시인(1564~1616)입니다. 희극, 비극, 사극 등 여러 편의 희곡과 시집을 남겼습니다. 작품으로는 비극 〈햄릿〉, 〈리어왕〉, 〈맥베스〉, 〈오셀로〉, 희극 〈베니스의 상인〉, 〈한여름 밤의 꿈〉, 사극 〈헨리 4세〉, 〈줄리어스 시저〉 등이 있습니다.

* 〈베니스의 상인〉은 셰익스피어의 5막 희극으로, 단편소설이 아닌 희곡이지만 편의상 단편소설과 같이 수록했습니다.

쓰는 시간 월 일 시

피를 한 방울도 흘리지 않고 살점을 베어 내는 것은
불가능한 일에 가까웠다.
계약서에는 살점에 대해서만 적혀 있을 뿐
피에 대해서는 적혀 있지 않다는 포셔의 이 현명한 발견으로
안토니오는 이제 목숨을 구할 수 있게 되었다.
장내의 모든 사람이 이 편법을 무너뜨린 통쾌함과
젊은 법률고문의 뛰어난 재치에 경탄을 금치 못했고,
여기저기에서 요란한 박수갈채가 쏟아져 나왔다.

쓰는 시간　　월　　일　　시

변신

프란츠 카프카
Franz Kafka

그는 또다시 사람의 무리와 연결이 된 듯한 기분이 들었다.
그리고 의사가 되었든 열쇠 수리공이 되었든
—이들을 확실히 분간하지도 못하면서—
두 사람이 어떤 훌륭하고 놀라운 성과를 보여줄 것이라고 기대했다.
그는 시시각각으로 다가오는 결정적인 논의를 하기에 앞서,
가능한 한 명확한 목소리를 내기 위해 몇 번 헛기침을 해보았다.

(중략)

■ 프란츠 카프카는 체코슬로바키아 태생의 독일 소설가(1883~1924)입니다. 인간 존재의 부조리를 초현실주의 수법으로 파헤쳐, 현대 실존주의 문학의 선구자로 높이 평가받고 있습니다. 작품으로는 《변신》, 《성》, 《심판》 등이 있습니다.

쓰는 시간 월 일 시

그는 가족에 대한 연민과 애정을 품은 채 회상에 잠겼다.
자신이 없어져야 한다는 그의 생각은
누이동생의 그것보다 아마 훨씬 더 절실했을 것이다.
그는 새벽 세 시를 알리는 교회 종소리가 울릴 때까지
공허하지만 평안한 명상에 잠겼다.
창밖이 훤하게 밝아 오는 것이 어렴풋이 느껴졌다.
그때 불현듯 그의 머리가 자기도 모르게 밑으로 푹 수그러졌다.
그리고 그의 콧구멍에서는 마지막 숨이 나직하게 새어 나왔다.

쓰는 시간　　월　　일　　시

별

알퐁스 도데
Alphonse Daudet

당신이 별 아래서 밤을 지새 본 적이 있다면,

모두가 잠든 시간에 또 하나의 신비로운 세계가

고요 속에서 눈을 뜬다는 사실을 알 것입니다.

(중략)

낮이 존재들의 세상이라면,

밤은 사물들의 세상입니다.

이런 밤의 세계에 익숙지 않은 사람은 아마 밤이 무서울 것입니다.

(중략)

■ 알퐁스 도데는 19세기 프랑스 소설가(1840~1897)입니다. 따뜻한 정감이 담긴 작품을 많이 썼습니다. 작품으로는 소설 《방앗간 소식》, 《월요 이야기》, 희곡 〈아를의 여인〉, 〈사포〉 등이 있습니다. 특히 희곡 〈아를의 여인〉은 작곡가 조르주 비제가 곡으로 만들어 유명해졌습니다.

쓰는 시간 월 일 시

그녀는 먼동이 희붐하게 밝아 오고

별들이 그 빛을 잃을 때까지

꼼짝도 하지 않고 그대로 있었습니다.

나는 그 잠든 얼굴을 지켜보며 밤을 꼬박 새웠습니다.

설레는 가슴을 안고,

오직 아름다운 것만을 생각나게 해주는 맑은 밤하늘의 보호로

성스럽고 순결한 마음을 잃지 않았습니다.

우리 머리 위에서는 별들이 순한 양 떼처럼

고요히 밤하늘을 수놓으며 떠다니고 있었습니다.

나는 생각했습니다.

저 셀 수 없이 많은 별 중 가장 아름답게 빛나는 별 하나가

길을 잃고 내 어깨에 내려앉아 고이 잠든 거라고….

쓰는 시간 월 일 시

비곗덩어리

기 드 모파상
Guy de Maupassant

그러나 사교계 부인들이 제 몸을 감싸고 있는 정숙함이라는 베일은
기껏해야 겉치레에 불과했다.
그들은 사실 그런 외설스러운 모험에 마음이 들떴고,
천성에도 맞는 듯 너무나 즐거워했다.
마치 주인의 저녁 식사를 준비하는 탐욕스러운 요리사처럼
그들은 사랑과 관능을 뒤섞어 요리하고 있었다.

(중략)

■ 기 드 모파상은 단편소설의 아버지로 불리는 19세기 프랑스 소설가(1850~1893)입니다. 단편 〈비곗덩어리〉를 발표해서 명성을 얻은 대표적인 사실주의 작가입니다. 〈비곗덩어리〉는 인간의 추악한 이기주의를 그린 걸작으로 모파상의 데뷔작이기도 합니다. 작품으로는 《여자의 일생》, 《벨 아미》 등이 있으며, 특히 《여자의 일생》은 프랑스 사실주의 문학이 낳은 걸작으로 평가됩니다.

쓰는 시간 월 일 시

아무도 그녀를 쳐다보지 않았으며, 신경도 쓰지 않았다.

그녀는 이 점잖은 파렴치한들이

자신을 경멸하고 있음을 알아챘다.

자신을 희생시키고는 볼일이 끝나자

마치 불결하고 쓸모없는 물건처럼 내던진 것이다.

그러자 그녀의 생각은

자신이 맛있는 음식을 잔뜩 담아 왔던 커다란 바구니에 미쳤다.

그들은 그 음식을 게걸스럽게 먹어 치우지 않았던가.

쓰는 시간 월 일 시

사람은 무엇으로 사는가

레프 톨스토이
Lev Nikolaevich Tolstoy

구두장이는 걸음을 재촉했다.

그러나 얼마 가지 않아 양심의 가책을 느꼈다.

그는 길 한가운데 우뚝 서서 자기 자신에게 말했다.

"대체 너 뭘 하는 거야. 이렇게 추운 날,

사람이 벌거벗은 채 죽어가는데 겁이 나서 그냥 도망치다니.

돈이라도 빼앗길까 봐? 네가 빼앗길 돈이라도 있어?

그럼 안 되는 거야, 세몬!"

세몬은 발길을 돌려 그 사나이 곁으로 갔다.

(중략)

■ 레프 톨스토이는 19세기 러시아 문학을 대표하는 세계적 문호이자 문명 비평가, 사상가(1828~1910)입니다. 귀족 출신이었으나 유한有閑 사회의 생활을 부정했으며, 구도적 내면세계를 묘사했습니다. 작품으로는 나폴레옹의 모스크바 침략과 러시아 사회의 이면을 그린 《전쟁과 평화》, 사랑과 결혼 등의 문제를 다룬 《안나 카레니나》, 러시아 민담을 개작한 〈바보 이반〉, 죽음을 소재로 한 〈이반 일리치의 죽음〉 등이 있습니다.

쓰는 시간 월 일 시

"내 몸에서 빛이 나는 것은

하나님께서 내린 벌을 받고 있다가 용서를 받았기 때문입니다.

또 내가 세 번 웃은 것은

하나님께서 세 가지 진리를 깨달으라고 나를 보내셨기 때문입니다.

이제 나는 그 세 가지 진리를 모두 깨달았습니다.

첫 번째 진리는 주인마님께서 나를 가엾게 생각했을 때 깨달았습니다.

그래서 처음으로 웃었습니다.

두 번째 진리는 부자 나리께서 장화를 주문했을 때 깨달았습니다.

그래서 두 번째로 웃었습니다.

마지막 세 번째 진리는 방금 저 여자아이들을 보고 깨달았습니다.

그래서 세 번째로 웃었습니다."

(중략)

쓰는 시간 월 일 시

"나는 깨달았습니다.

모든 사람이 자신에 대한 염려가 아니라 사랑으로 살아간다는 것을 말입니다.

(중략)

내가 사람이 되었을 때 살아남을 수 있었던 것은

나 자신에 대한 염려 때문이 아니라,

길을 가던 사람과 그 아내의 마음에 사랑이 있어

나를 가엾게 여기고 극진히 보살펴 주었기 때문입니다.

(중략)

나는 깨달았습니다.

하나님은 사람들이 서로 떨어져 살아가는 것을 원치 않으시며,

그래서 각자의 필요를 사람들에게

드러내 보여주시지 않는다는 것을 말입니다.

하나님은 사람들이 서로 어우러져 살아가길 원합니다.

그래서 모두의 필요를 각자에게 드러내 보여주십니다.

나는 이제 깨달았습니다.

사람들이 자신에 대한 염려로 살아가는 듯 보이지만

사실은 오로지 사랑으로 살아가고 있다는 것을 말입니다.

사랑으로 살아가는 사람은 하나님 안에서 살아가는 사람이며,

하나님도 그 사람 안에 계십니다.

하나님은 곧 사랑이기 때문입니다."

쓰는 시간 월 일 시

큰 바위 얼굴

너새니얼 호손
Nathaniel Hawthorne

큰 바위 얼굴의 생김새는 숭고하면서도
웅장하고 다정스러운 표정을 하고 있어서
아이들이 그 모습을 바라보며 자라나는 것은 행운이었다.
큰 바위 얼굴은 마치 온 인류를
사랑으로 포용하고 더 많은 것을 품을 수 있는
넉넉하고 따뜻한 마음의 빛과 같은 인상이어서
그저 그것을 바라보는 것만으로도 크나큰 교육이 되었다.
사람들은 이 골짜기의 땅이 비옥한 것이
자비로운 큰 바위 얼굴 덕택이라고 믿었다.

(중략)

■ 너새니얼 호손은 미국의 소설가(1804~1864)입니다. 청교도의 사상과 생활 태도에 깊은 관심을 가지고, 인간의 어두운 면을 우의적이고 상징적으로 묘사했습니다. 호손의 대표작으로 꼽히는 《주홍 글씨》는 19세기 미국을 대표하는 소설로 인정받고 있습니다.

쓰는 시간 월 일 시

그것은 지나간 일이 아니라 장차 일어날 일에 대한 이야기였다.

그러나 그것은 매우 오래전부터 전해 내려오는 이야기로,

옛날에 이 골짜기에 살았던 원주민들도

조상들에게서 그 이야기를 전해 들었다고 한다.

원주민들의 말에 따르면,

조상들에게 그 이야기를 들려준 것은

골짜기를 흐르는 시냇물과 우듬지를 스치는 바람의 속삭임이었다고 한다.

그 이야기는 대략 이랬다.

장차 이 근처에서 한 아이가 태어나는데

그 아이는 훌륭하고 고귀한 인물이 될 운명을 타고난다는 것이었다.

그리고 그 아이는 어른이 되어 가면서

얼굴이 점점 큰 바위 얼굴을 똑같이 닮아 간다는 것이었다.

쓰는 시간 월 일 시

2장

세계의 명시

명시의
향기를 맡으며

'마음의 근육'이라는 말이 시대를 상징하는 유행어처럼 사회 여기저기에서 들립니다. 무슨 비결이라도 있는 양 이 마음의 근육을 다루는 책들도 많습니다. 정신건강의학 쪽에서도 자주 언급하는 것을 보면 '마음의 근육 기르기'는 건강 측면에서도 중요한가 봅니다.

"조금만 힘들어도 마음의 근육이 약한 사람들은 견디지를 못해. 우리가 흔히 말하는 '존버'를 못 하는 거지. 그리고 이런 사람들은 직진밖에 몰라요. 전후좌우에 길이 있다는 걸 모르는 거지. 그래서 약간만 틀어져도 푹 고꾸라지는 거야."

저는 언젠가 술자리에서 친구로부터 이 마음의 근육이라는 말을 처음 들었습니다. 조금은 과하다 싶은 이야기였지만, 이 용어만큼은 친근하게 다가왔습니다. 그리고 친구의 말을 들으며 혼자 이런 생각을 했습니다.

'우리가 흔히 말하는 멘탈 같은 건가? 그거하곤 좀 다른 것 같긴 한데… 어쨌든 시가 주는 향기를 맡을 수 있는 사람이야말로 마음의 근육이 강한 사람 아닐까. 시를 읽고 감동을 받아 그 시를 음미하며 산다는 건 삶의 질이 높다는 거고, 삶의 질이 높다는 건 그만큼 마음의 근육이라는 게 강하다는 얘기니까.'

요즘 어휘력이나 문해력을 기르는 것과 관련해서 필사가 새롭게 조명되고 있습니다. 이 분야의 전문가라고 자처하는 누군가는 이렇게 말했습니다.

"읽는 것으로 그치지 않고 필사를 하게 되면 마음의 근육이 강해집니다."

저는 이 말을 들었을 때 맞는 말이라고 고개를 끄덕였습니다. 그러면서 읽고 쓰는 것에는 감동이 있어야 하고, 그 감동은 또 명상 같은 것으로 이어져야 한다는 생각을 했습니다. 어떤 근거가 있는 생각은 아니고, 그냥 밑도 끝도 없는 제 나름의 의견일 뿐입니다.

시인은 아니지만, 시를 자주 쓰는 것도 아니지만, 시를 좋아하는 만큼 시를 읽고 감동을 많이 받습니다. 울기도 하고 깊은 생각에 잠기기도 하면서 읽고 또 읽고를 반복합니다. 그러나 그 시를 외우고 다니진 않습니다. 아니 이상하게도 잘 외워지지 않습니다. 필사를 시작하면서 이런 생각을 한 적도 있습니다. '시를 필사하며 이제 좋아하는 시 하나쯤 외우고 다니고 싶다.' 그러나 역시 잘되지 않습니다. 체질적으로 암기를 못 해서 그런지 모르겠지만, 제 개인적으로 시 외우기는 참 쉽지 않은 분야입니다.

여기에서 소개하는 시들은 저 스스로 감동을 받으며 외우고 싶었던 것들입니다. 아무리 세상에 널리 알려진 명시라도 스스로 감동받지 않으면 그 스스로에겐 명시가 아니라는 생각입니다. 제 마음을 사로잡은 그런 시들로 필사의 시간을 마련했습니다. 젊은 시절 연애편지의 단골 메뉴가 되었던, 제 삶을 향기롭게 만들었던 소위 제가 생각하는 명시들입니다.

시를 읽고, 또 쓰고 나서의 일상은 어제의 일상과는 조금 다를 것 같습니다. 필사의 시간이 끝나면 명시의 향기를 맡으며 편안한 잠 주무시길 바랍니다.

가로등의 꿈

볼프강 보르헤르트
Wolfgang Borchert

나 죽으면
어쨌든 가로등이 되고 싶네.
너의 문 앞에 서서
납빛 저녁을 환히 비추고 싶어서라네.
아니면
커다란 증기선이 잠자고
소녀들이 웃음을 짓는 항구가 되고 싶네.
가느다랗게 나 있는 불결한 운하 옆에서
고독하게 걸어가는 사람에게 눈짓을 보내고 싶어서지.

좁다란 골목, 어느 선술집 앞에
붉은 양철 가로등으로 나는 걸려 있고 싶네.
무심코 밤바람에 실려
그들의 노래에 맞춰 흔들리고 싶어서라네.
아니면
한 아이가 혼자 있음을 깨닫고,

■ 볼프강 보르헤르트는 독일의 시인이자 극작가(1921~1947)입니다. 전쟁과 투옥의 반복된 생활로 26세의 나이에 요절했습니다. 그런 보르헤르트의 경험이 전후의 고독과 절망을 그린 작품들로 남았습니다. 작품으로는 희곡 〈문밖에서〉, 시집 《가로등과 밤과 별》 등이 있습니다.

쓰는 시간 월 일 시

창틈에서 바람이 으르렁거리며
창밖에는 꿈들이 귀신처럼 출몰하여 놀라워하면
눈을 크게 뜨고 그 아이를 비춰 주는 가로등이 되고 싶네.

그래, 나 죽거든
어쨌든 가로등이 되어,
이 세상 모든 것이 다 잠든 밤에도 오로지 홀로 깨어
달과 이야기를 나누고 싶네.
물론 너, 나 하는 아주 친밀한 사이로.

쓰는 시간 월 일 시

가을날

라이너 마리아 릴케
Rainer Maria Rilke

주여, 때가 왔습니다. 여름은 참으로 위대했습니다.
해시계 위에 당신의 그림자를 얹어 주시고,
들판에 많은 바람을 풀어놓아 주소서.

마지막 열매들이 탐스럽게 익게 하시고,
이틀만 더 남국의 햇볕을 주소서.
열매들이 무르익도록 재촉해 주시고,
무거운 포도송이에 마지막 감미로움이 깃들게 해주소서.

지금 집 없는 사람은 이제 집을 지을 수 없습니다.
지금 홀로 있는 사람은 이후로도 오래 그러할 것이기에
깨어서, 책을 읽고, 긴 편지를 쓸 것입니다.
바람에 나뭇잎이 날릴 때면,
불안스레 가로수 길을 이리저리 헤맬 것입니다.

■ 라이너 마리아 릴케는 보헤미아 태생의 독일 시인(1875~1926)입니다. 인상주의와 신비주의를 혼합한 근대 언어 예술의 거장으로, 로댕의 비서였던 것이 그의 예술에 큰 영향을 주었다고 합니다. 인간 존재를 탐색하는 종교성이 강한 작품들을 썼습니다. 작품으로는 시집 《형상 시집》, 《두이노의 비가》, 소설 《말테의 수기》, 에세이 《로댕론》, 《서간집》 등이 있습니다.

쓰는 시간 월 일 시

가지 않은 길

로버트 프로스트
Robert Lee Frost

단풍이 한창인 숲속에 두 갈래로 난 길이 있었습니다.
몸이 하나여서 두 길을 다 가지 못하는 것을 안타까워하며,
한참을 서서 수풀 속으로 굽어 사라지는 길을
멀리 끝까지 바라보았습니다.

그러고는 다른 길을 택했습니다.
똑같이 아름답지만, 더 걸어야 할 길이라 생각했습니다.
풀이 무성하고 인적이 드물었으니까요.
물론 사람의 발자취로 치자면,
지나간 발길들로 두 길은 정말 거의 비슷하게 다져져 있었지만요.

그날 아침 두 길은 똑같이 놓여 있었고,
낙엽 위로는 아무런 발자국도 없었습니다.
아, 나는 한쪽 길은 훗날을 위해 남겨 놓았습니다.
길이란 이어져 있어 계속 가야만 한다는 걸 알기에
다시 돌아올 수 없을 것이라 여기면서요.

■ 로버트 프로스트는 미국의 시인(1874~1963)입니다. 농장 생활의 경험을 살려 소박한 농민과 자연을 노래했습니다. 많은 사람의 사랑을 받으며 케네디 대통령 취임식에서 자작시를 낭송하기도 했습니다. 작품으로는 시집 《보스턴의 북쪽》, 《증인의 나무》 등이 있습니다.

쓰는 시간 월 일 시

오랜 세월이 지난 후

어디에선가 나는 한숨지으며 이야기할 것입니다.

숲속에 두 갈래 길이 있었고,

나는 사람들이 덜 지나간 길을 택했다고.

그리고 그것이 내 모든 것을 바꿔 놓았다고.

쓰는 시간 월 일 시

결혼에 대하여

칼릴 지브란
Kahlil Gibran

함께 있되 거리를 두라.
그래서 하늘 바람이 그대들 사이에서 춤추게 하라.
서로 사랑하라.
그러나 사랑으로 서로를 구속하지는 말라.
그보다 그대들 혼과 혼의 두 해안 사이에 출렁이는 바다를 놓아두라.
서로의 잔을 채우되 어느 한 편의 잔만을 마시지는 말라.
서로의 빵을 주되 어느 한 편의 빵만을 먹지는 말라.
함께 노래하고 춤추며 즐거워하되 그대들 각자는 고독하라.
비록 하나의 음악을 울릴지라도 외로운 기타 줄들처럼.
서로 마음을 주라.
그러나 간직하지는 말라.
오직 삶의 손길만이 그대들의 마음을 간직할 수 있다.
함께 서 있으라.
그러나 너무 가까이 서 있지는 말라.

■ 칼릴 지브란은 레바논 태생의 미국 소설가이자 철학자, 화가, 시인(1883~1931)입니다. 1898년에 잡지 〈진리〉를 발간하고, 소설 《반항의 정신》을 써서 당시 레바논을 침략하고 있던 터키 정부로부터 추방되었습니다. 작품으로는 산문시 〈폭풍우〉, 〈눈물과 웃음의 책〉 등이 있으며, 특히 영어 산문 시집 《예언자》, 아랍어로 쓴 소설 《부러진 날개》 등이 유명합니다.

쓰는 시간 월 일 시

사원의 기둥들도 서로 떨어져 서 있고

참나무, 사이프러스 나무도 서로의 그늘 속에선 자랄 수 없으니.

쓰는 시간 월 일 시

고요한 생활

알렉산더 포프
Alexander Pope

소는 젖을 주고, 밭은 빵을 주며
양은 옷을 마련해 준다.
나무들은 여름이면 그늘을 드리워 주고
겨울이면 땔감이 되어 준다.

축복받은 사람이다.
아무 신경 쓰지 않고 시간도 날짜도 해도 고요히 흘러가니
몸은 건강하고 마음은 평안하여
낮에는 별일 없다.

밤에는 깊은 잠에다 학문과 휴식이 있고
즐거운 오락도 있으며
잡념 없이 전적으로 즐기는 일이란
고요히 묵상하는 것뿐.

이렇게 살련다.

■ 알렉산더 포프는 영국의 시인이자 비평가(1688~1744)입니다. 고전주의 시대의 대표 시인이며, 작품으로는 논적論敵을 풍자·공격한 풍자시 〈던시아드〉와 철학시 〈인간론〉, 평론 〈비평론〉 등이 있습니다.

쓰는 시간 월 일 시

남몰래 이름도 없이, 탄식하는 일 없이 죽고 싶어라.
이 세상을 소리 소문 없이 떠나
잠든 곳을 알리는 묘비 하나 없이.

쓰는 시간 월 일 시

그대가 늙었을 때

윌리엄 버틀러 예이츠
William Butler Yeats

그대 늙어서 머리가 허옇게 세고
잠이 많아져 난로 옆에서 꾸벅꾸벅 졸 때
이 책을 꺼내어 천천히 읽어 보라.
한때 그대의 눈이 지녔던
부드러운 눈매와 깊은 그늘을 꿈꾸어 보라.

얼마나 많은 사람이
그대의 우아한 기쁨의 순간을 사랑했으며,
거짓된 사랑으로든 참된 사랑으로든
그대의 아름다움을 찬미했던가.
그러나 딱 한 남자만이
그대 안에 있는 순례자의 영혼을 사랑했고
변해 가는 그대 얼굴의 슬픔마저도 사랑했다네.

그대는 붉게 타오르는 난롯가에서
고개 숙이고 조금은 슬프게 중얼거리리라.

■ 윌리엄 버틀러 예이츠는 아일랜드의 시인이자 극작가(1865~1939)입니다. 〈비잔티움으로의 항해〉, 〈레다와 백조〉 등 주옥같은 시들을 남겼으며, 특히 모드 곤을 향한 사랑과 좌절은 그의 시의 원천이자 영감이 되었습니다. 작품으로는 시집 《탑》, 《나선 계단》, 희곡 〈캐슬린 백작 부인〉 등이 있으며, 1923년에 노벨문학상을 받았습니다.

쓰는 시간 월 일 시

어찌하여 사랑은 저만치 달아나서 산꼭대기에 올랐고,

저 수많은 별 사이에 얼굴을 감추었느냐고.

쓰는 시간 월 일 시

나의 어머니

베르톨트 브레히트
Bertolt Brecht

그녀가 죽었을 때, 사람들은 그녀를 땅에 묻었다.
꽃이 자라고, 나비가 그 위를 날아다녔다.
체중이 새털같이 가벼운 그녀는 땅을 거의 누르지도 않았다.
그녀가 이렇게 가볍게 되기까지,
얼마나 많은 고통을 겪었을까!

■ 베르톨트 브레히트는 독일의 시인이자 극작가(1898~1956)입니다. 1922년 제대 군인의 혁명 체험의 좌절을 묘사한 희곡 〈밤의 북〉으로 클라이스트상을 받았고, 〈서푼짜리 오페라〉로 세계적인 명성을 얻었습니다. 작품으로는 시집 《가정 설교집》 등이 있습니다.

쓰는 시간 월 일 시

내 가슴은 뛰노니

윌리엄 워즈워스
William Wordsworth

하늘의 무지개를 볼 때마다
내 가슴은 뛰노니,
어린 시절에도 그러했고
어른이 된 지금도 그러하니
늙어서도 그러하기를.
그렇지 못하다면 차라리 죽음이 나으리라.

어린이는 어른의 아버지
바라건대 내 생애의 하루하루가
자연의 경건함으로 이어지기를.

■ 윌리엄 워즈워스는 영국의 낭만주의 시인(1770~1850)입니다. 주로 아름다운 자연과 인간 간의 영적인 교감을 시로 썼습니다. 콜리지와 함께 발표한 《서정 시집》은 영국 낭만주의의 선언문으로 불립니다. 작품으로는 시집 《서곡》 등이 있습니다.

쓰는 시간 월 일 시

누구를 위하여 종은 울리나

존 던
John Donne

그 누구도 그 자체로 온전한 섬이 아니다.
모든 사람은 대륙의 한 부분이며,
전체의 한 부분이다.

흙 한 덩이가 바닷물에 씻겨 나가면
유럽 대륙이 그만큼 작아질 것이고,
바다의 곶도 그러할 것이고,
그대 소유의 영지나 그대의 친구도
마찬가지일 것이다.

그 어떤 이의 죽음도 나를 줄어들게 한다.
왜냐하면 나는 인류에 개입되어 있으니까.
그러니 누구를 위하여 종이 울리는지
사람을 보내 알려 하지 말라.
그 종은 그대를 위해 울리는 것이니….

■ 존 던은 17세기 영국의 시인이자 성직자(1572~1631)입니다. 연애시, 풍자시를 주로 쓰다가 성직자가 된 뒤에는 종교시를 썼습니다. 불굴의 정열과 냉철한 논리, 해박한 지식의 통일을 이룬 형이상학 시metaphysical poetry를 개척했고, 이는 T. S. 엘리엇을 비롯한 20세기 현대 시인들에게 깊은 영향을 미쳤습니다. 작품으로는 〈영혼의 편력〉, 〈노래와 소네트〉 등이 있습니다.

쓰는 시간 월 일 시

로렐라이

하인리히 하이네
Heinrich Heine

가슴 저미는 까닭이야
내 어찌 알 수 있을까.
오래전부터 전해 오는 옛이야기
내 마음에서 떠나지 않네.

저무는 황혼에 바람은 차고,
라인강은 고요히 흐르는데
붉은 저녁놀에
산꼭대기 붉게 타오르네.

저기 산꼭대기에 신비롭게
곱디고운 아가씨 앉아 있네.
황금빛 노리개가 반짝이는데
금발의 머리카락 빗고 있네.

황금색 빗을 쥐고

■ 하인리히 하이네는 독일의 낭만파 서정 시인(1797~1856)입니다. '청년 독일파'의 지도자로 독일 제국주의에 대항했습니다. 시 이외에도 예민한 감성 · 근대적인 풍격을 지닌 비평문과 기행문 등의 산문을 남겼습니다. 작품으로는 기행문 〈하르츠 기행〉, 시집 《노래의 책》, 《독일, 겨울 이야기》 등이 있습니다.

쓰는 시간　　월　　일　　시

노래 한 곡조를 부르는데
마음을 사로잡는 마법 같은 멜로디
그 노래에 담겨 있네.

걷잡을 수 없는 슬픔으로
넋을 잃은 뱃사공은
뱃길 막는 암초는 보지 못하고
산꼭대기만 바라보네.

난 믿네, 결국 파도가
배와 뱃사공을 삼켜버렸다고.
그리고 아름다운 로렐라이가 지닌 순전한 힘으로
그렇게 하였다고.

쓰는 시간 월 일 시

미라보 다리

기욤 아폴리네르
Guillaume Apollinaire

미라보 다리 아래 센강은 흐르고
우리의 사랑도 흐르는데
나는 기억해야 하는가?
기쁨은 언제나 고통 뒤에 온다는 것을.

밤이 오고 종은 울리고
세월은 가고 나는 남아 있네.

손에 손을 잡고 얼굴을 마주하고
우리의 팔이 만든 다리 아래로
영원한 눈길에 지친 물결이 저리 흐르는데

밤이 오고 종은 울리고
세월은 가고 나는 남아 있네.

사랑이 가네 흐르는 강물처럼.

■ 기욤 아폴리네르는 프랑스의 소설가이자 시인(1880~1918)입니다. 전위 예술의 기수로서 초현실주의의 길을 열었다는 평과 함께, 20세기의 새로운 예술 창조자의 한 사람으로 인정받고 있습니다. 작품으로는 시집 《칼리그람》, 소설집 《이단 교조 주식회사》 등이 있습니다.

쓰는 시간　　　월　　　일　　　시

사랑이 떠나가네
삶처럼 느리게 희망처럼 격렬하게.

밤이 오고 종은 울리고
세월은 가고 나는 남아 있네.

하루가 지나고 또 한 주일이 지나고
지나간 시간도 사랑도 돌아오지 않는데
미라보 다리 아래 센강은 흐르네.

밤이 오고 종은 울리고
세월은 가고 나는 남아 있네.

쓰는 시간 월 일 시

보여줄 수 있는 사랑은 아주 작습니다

칼릴 지브란
Kahlil Gibran

보여줄 수 있는 사랑은
아주 작습니다.
그 뒤에 숨어 있는
보이지 않는 위대함에
견주어 보면.

■ 칼릴 지브란은 레바논 태생의 미국 소설가이자 철학자, 화가, 시인(1883~1931)입니다. 1898년에 잡지 〈진리〉를 발간하고, 소설 《반항의 정신》을 써서 당시 레바논을 침략하고 있던 터키 정부로부터 추방되었습니다. 작품으로는 산문시 〈폭풍우〉, 〈눈물과 웃음의 책〉 등이 있으며, 특히 영어 산문 시집 《예언자》, 아랍어로 쓴 소설 《부러진 날개》 등이 유명합니다.

쓰는 시간 월 일 시

사랑하는 그대여, 나 죽거든

크리스티나 로세티
Christina Georgina Rossetti

사랑하는 그대여, 나 죽거든
나를 위해 슬픈 노래 부르지 마세요.
그리고 내 머리맡에 장미를 심지 마시고
그늘 드리우는 삼나무도 심지 마세요.
내 몸을 덮을 풀이 소나기와 이슬방울에 젖어
무성하게 자라게만 해주세요.
당신이 원한다면 나를 기억해 주시고
잊어버리고 싶다면 잊어 주세요.

나는 그늘을 볼 수 없을 거예요.
비가 내리는 것도 모를 거예요.
나이팅게일 지저귀는 소리도
나는 들을 수 없을 거예요.
그리고 해가 뜨지도 지지도 않는
어둠 속에 누워 꿈꾸면서
나는 당신을 그리워할 거예요.
아니, 어쩌면 잊을지도 모르겠네요.

■ 크리스티나 로세티는 19세기 영국의 시인(1830~1894)입니다. 그녀의 작품은 세련된 시어, 확실한 운율법, 온아한 정감이 만들어 내는 시경 등으로 신비적 분위기를 자아냅니다. 첫 시집 《고블린 도깨비 시장》은 그녀의 대표작으로 꼽힙니다.

쓰는 시간 월 일 시

살아남은 자의 슬픔

베르톨트 브레히트
Bertolt Brecht

물론 나는 알고 있다.
오직 운이 좋았던 덕택에
나는 그 많은 친구들보다
오래 살아남았다는 것을.

그러나 지난밤 꿈속에서
그 친구들이 나에 대해
이야기하는 소리를 듣게 되었다.
"강한 자는 살아남는다."
그러자 나는 나 자신이 미워졌다.

■ 베르톨트 브레히트는 독일의 시인이자 극작가(1898~1956)입니다. 1922년 제대 군인의 혁명 체험의 좌절을 묘사한 희곡 〈밤의 북〉으로 클라이스트상을 받았고, 〈서푼짜리 오페라〉로 세계적인 명성을 얻었습니다. 작품으로는 시집 《가정 설교집》 등이 있습니다.

쓰는 시간 월 일 시

삶이 그대를 속일지라도

알렉산드르 푸시킨
Aleksandr Sergeevich Pushkin

삶이 그대를 속일지라도
슬퍼하거나 노여워하지 말라.
슬픔의 날들을 흘려보내면
기쁨의 날이 오리니.

마음은 미래에 살고
현재는 슬픈 것.
모든 것은 순간이며 지나가는 것이고
지나간 것은 훗날 소중하게 되리니.

■ 알렉산드르 푸시킨은 러시아의 시인이자 소설가(1799~1837)입니다. 러시아 리얼리즘의 기초를 확립해 러시아 근대 문학의 시조로 불립니다. 농노제하의 러시아 현실을 사실적으로 빼어나게 그려 냈다는 평을 받습니다. 작품으로는 시 형식의 소설 《예브게니 오네긴》, 중편 역사소설 《대위의 딸》 등이 있습니다.

쓰는 시간 월 일 시

소네트 89

윌리엄 셰익스피어
William Shakespeare

어떤 허물 때문에 나를 버린다고 하면,
나는 그 허물을 더 과장해서 말하겠소.
나를 절름발이라고 하면 나는 곧 다리를 절 것이오.
그대의 말에 구태여 변명 아니하며…
사랑을 바꾸고 싶어 그대가 구실을 만드는 것은
내가 날 욕되게 하는 것보다 절반도 날 욕되게 하지 못할 것이오.
그대의 뜻이라면 지금까지의 모든 관계를 청산하고,
서로 모르는 사이처럼 보이게 하겠소.
그대 가는 곳에는 아니 갈 것이며
내 입에 그대의 사랑스런 이름을 더는 담지 않을 것이오.
불경한 내가 구면이라 아는 체해서
그대의 이름에 누를 끼치지 않도록 하겠소.
그대를 위해서는 나 자신과 대적하며 싸우겠소.
그대가 미워하는 사람을 나 또한 사랑할 수 없으니.

■ 윌리엄 셰익스피어는 영국이 낳은 세계 최고의 극작가이자 시인(1564~1616)입니다. 희극, 비극, 사극 등 여러 편의 희곡과 시집을 남겼습니다. 작품으로는 비극 〈햄릿〉, 〈리어왕〉, 〈맥베스〉, 〈오셀로〉, 희극 〈베니스의 상인〉, 〈한여름 밤의 꿈〉, 사극 〈헨리 4세〉, 〈줄리어스 시저〉 등이 있습니다.

쓰는 시간　　월　　일　　시

야간 통행금지

폴 엘뤼아르
Paul Eluard

어쩌란 말인가 출입은 금지되었는데
어쩌란 말인가 우리는 갇혔는데
어쩌란 말인가 거리는 폐쇄되었는데
어쩌란 말인가 도시는 전복되었는데
어쩌란 말인가 그녀는 굶주렸는데
어쩌란 말인가 우리는 무장해제를 당했는데
어쩌란 말인가 밤이 되었는데
어쩌란 말인가 우리는 서로 사랑했는데.

■ 폴 엘뤼아르는 다다이즘, 초현실주의 운동을 일으킨 프랑스의 시인(1895~1952)입니다. '시인은 영감을 받는 자가 아니라 영감을 주는 자'라고 한결같이 생각했습니다. 작품으로는 《고뇌의 수도》, 《시와 진실》 등이 있습니다.

쓰는 시간 월 일 시

음주가

윌리엄 버틀러 예이츠
William Butler Yeats

술은 입으로 흘러들고
사랑은 눈으로 흘러드네.
우리가 늙어서 죽기 전에
알아야 할 진실은 이것이 전부.
나는 술잔을 입에 대고
그대를 바라보며 한숨짓네.

■ 윌리엄 버틀러 예이츠는 아일랜드의 시인이자 극작가(1865~1939)입니다. 〈비잔티움으로의 항해〉, 〈레다와 백조〉 등 주옥같은 시들을 남겼으며, 특히 모드 곤을 향한 사랑과 좌절은 그의 시의 원천이자 영감이 되었습니다. 작품으로는 시집 《탑》, 《나선 계단》, 희곡 〈캐슬린 백작 부인〉 등이 있으며, 1923년에 노벨문학상을 받았습니다.

쓰는 시간 월 일 시

자유

폴 엘뤼아르
Paul Eluard

나의 공책 위에
나의 책상과 나무 위에
쌓인 눈 위에
나는 너의 이름을 쓴다.

내가 읽은 모든 페이지 위에
모든 백지 위에
돌과 피와 종이와 재 위에
나는 너의 이름을 쓴다.

황금빛 조각 위에
병사들의 총칼 위에
왕들의 왕관 위에
나는 너의 이름을 쓴다.

밀림과 사막 위에

■ 폴 엘뤼아르는 다다이즘, 초현실주의 운동을 일으킨 프랑스의 시인(1895~1952)입니다. '시인은 영감을 받는 자가 아니라 영감을 주는 자'라고 한결같이 생각했습니다. 작품으로는 《고뇌의 수도》, 《시와 진실》 등이 있습니다. 《시와 진실》에 수록되어 있는 시 〈자유〉는 프랑스의 대표적인 저항시로 알려져 있습니다.

쓰는 시간 월 일 시

새 둥지 위에 들장미 위에
내 어린 시절 메아리 위에
나는 너의 이름을 쓴다.

(중략)

그리고 한 단어의 힘으로
내 삶을 다시 시작한다.
나는 태어났다 너를 알기 위해.
너의 이름을 부르기 위해.

자유여!

쓰는 시간　　월　　일　　시

화살과 노래

헨리 워즈워스 롱펠로
Henry Wadsworth Longfellow

하늘을 향해 나는 활시위를 당겼지만,
화살은 땅에 떨어져 어디 갔는지 알 수가 없었네.
너무 빨리 날아가
눈이 그 화살을 따라잡을 수 없었기 때문이지.

하늘을 향해 나는 노래를 불렀지만,
노래는 땅에 떨어져 어디 갔는지 알 수가 없었네.
제아무리 예리하고 강한 눈이 있어도
날아가는 노래를 그 누가 볼 수 있을까.

아주 오랜 세월이 흐른 뒤 나는 한 참나무에서
화살을 찾았네, 아직 부러지지 않은 채 박혀 있는 그것을.
그리고 노래도 찾았지, 처음부터 끝까지
아직 잊히지 않은 채 한 친구의 가슴속에 기억되는 그 노래를.

■ 헨리 워즈워스 롱펠로는 미국의 시인(1807~1882)입니다. 주로 역사, 전승 이야기가 담긴 시를 많이 썼습니다. 특히 유럽 대륙 여러 나라의 민요를 솜씨 있게 번안·번역해서 미국 대중에게 전달한 공적을 인정받고 있습니다. 작품으로는 《밤의 소리》, 《민요 시집》, 《에반젤린》, 《인생 찬가》 등이 있습니다.

쓰는 시간 월 일 시

3장

세계 대문호들의 명언

명언의
감동 속으로

세상을 살다 보면 아무것도 아닌 하나의 문장에 가슴이 벅차고 아릴 때가 있습니다. 그리고 이 문장 하나의 영향으로 삶의 방향이 바뀌기도 합니다. 힘들기만 한 삶에 숨구멍을 틔워 주고 용기를 주는 것이죠. 우리는 이런 문장을 흔히 명언이라고 부릅니다. 어떨 땐 아포리즘이라는 외래어를 사용하기도 합니다. 이런 명언이나 아포리즘은 시대를 앞서간 현인들의 입에서 나온 것들이 많습니다. 그리고 그 현인들 중에 빼놓을 수 없는 이들이 문학 작품을 쓰는 작가들입니다.

대문호로 칭송받는 작가들과의 만남은 주로 그들이 남긴 글 속에서 이루어집니다. 그들의 말 또한 그들이 남긴 책 속에 있을 때가 많습니다. 물론 사회의 변혁을 위해 저잣거리에 나가서 즉흥적으로 외친 목소리도 있습니다. 어쨌든 시공간을 초월해 우리가 작가를 만날 수 있는 길 중 가장 가까이 있는 건 책입니다. 작가의 달콤한 귓속말을 전해 들을 수 있는 기회 역시 주로 책을 통해서 갖게 됩니다.

이번 장에서는 문학사에 큰 발자취를 남긴 대문호들의 말을 소개했습니다. 작품 속의 말도 있고 작가가 홀로 외친 자신만의 주장도 있습니다. 대문호들의 숨소리가 스며든 명언들을 읽으며, 또 따라 쓰며 힐링하는 시간이 되면 좋겠습니다. 누군가의 말이나 글에 감동을 받는다는 것은 또 하나의 인생이 펼쳐지는 것과 같습니다. 삶의 전환을 가져오는 계기가 될 수도 있으니까요. 이 시간을 통해 좋아하는 작가의 명언 하나쯤 마음에 품게 되기를 바랍니다.

읽고 쓰고 생각하고, 그리고 말하는 것은 우리가 현재에도 하고 있는 행위입니다. 이제 감동이 함께하는 '읽고 쓰고 생각하고 말하기'가 되어야 할 시간입니다. 누구에게나 닥칠 수 있는 위기나 고통 앞에서 무기력하게 쓰러지지 않게 해주는 문장의 힘이 여러분에게 스며들기를 바랍니다.

어휘력이나 문해력 등은 우리의 삶에서 필요한 사항입니다. 그러나 그것은 억지로 하는 암기나 이해로 얻을 수 없습니다. 자연스러운 습득을 위해선 읽으며 따라 쓰는 필사, 그리고 자기만의 글쓰기가 이어져야 합니다. 이런 일련의 과정에 감동이 함께한다면 그야말로 그 시너지 효과는 이루 말할 수 없을 겁니다.

필사의 시간이 끝나면 대문호들의 귓속말을 들으며 편안한 잠 주무시길 바랍니다.

괴테의 말

고통이 남기고 간 뒤를 보라!

고난이 지나면 반드시 기쁨이 스며든다.

✦

꿈을 계속 간직하고 있으면

반드시 실현할 때가 온다.

✦

배는 항구에 정박해 있을 때

가장 안전하다.

그러나 그것이 배의 존재 이유는 아니다.

• **요한 볼프강 폰 괴테**Johann Wolfgang von Goethe

독일의 시인 · 소설가 · 극작가(1749~1832)로 독일 고전주의의 대표로 꼽힙니다. 자신의 체험을 바탕으로 한 고백과 참회의 작품을 많이 썼습니다. 작품으로는 희곡 〈파우스트〉, 소설 《젊은 베르테르의 슬픔》, 자서전 《시와 진실》 등이 있습니다.

쓰는 시간 월 일 시

인생은

속도가 아니라 방향이다.

진짜 유능한 사람은

배움에 힘쓰는 사람이다.

사람들은

저녁이 되어서야

비로소 집의 고마움을 깨닫는다.

쓰는 시간 월 일 시

단테의 말

현명한 사람에게는

매일매일이 새로운 삶이다.

오늘은 두 번 다시 오지 않는다는 것을 잊지 말라.

✦

너의 길을 가라.

다른 사람이 뭐라고 하든 신경 쓰지 말고.

✦

위험에 대한 두려움 때문에

아무것도 하지 않는다면

서서히 죽어가는 수밖에 없다.

• **단테 알리기에리** Dante Alighieri

이탈리아의 시인(1265~1321)입니다. 피렌체의 정쟁政爭에 관여했다가 추방되어 평생을 여기저기 유랑하며 지냈습니다. 르네상스의 선구자로 꼽힙니다. 작품으로는 《신곡》, 《새로운 인생》, 《향연》 등이 있습니다.

쓰는 시간 월 일 시

지혜로운 사람은

허송세월을 가장 슬퍼한다.

비참한 환경 속에서

행복했던 시절을 생각하는 것만큼

큰 슬픔이 또 있을까.

욕망이란

품을수록 더욱 갖고 싶게 하고,

자기 자신을 더욱

초라하게 만들 뿐이다.

쓰는 시간 월 일 시

도스토옙스키의 말

가장 추운 시기는 봄이 오기 직전이며,
하루의 가장 어두운 때는 새벽이 오기 직전이다.

희망을 품지 않고 사는 것은
사는 것을 멈춘 것과 같다.

새로운 한 걸음을 내딛는 것,
새로운 말 한마디를 내뱉는 것.
사람들이 가장 두려워하는 것들이다.

• **표도르 도스토옙스키**Feodor M. Dostoevski
19세기 러시아 리얼리즘 문학을 대표하는 소설가(1821~1881)입니다. 인간 심리의 내면에 깃든 병적이고 모순된 세계를 밀도 있게 해부하여 현대 소설에 커다란 영향을 미쳤다는 평가를 받습니다. 작품으로는 《죄와 벌》, 《카라마조프가의 형제들》 등이 있습니다.

쓰는 시간 월 일 시

사람은

자신이 행복하다는 것을

알지 못하기에 불행해지는 것이다.

———✦———

사람은 자신에게 닥친

문제의 수를 세는 것을 좋아한다.

하지만 자신에게 있는

행복의 수는 세지 않는다.

———✦———

습관은

인간으로 하여금

어떤 일이든지 하게 만든다.

쓰는 시간 월 일 시

디킨스의 말

질병과 슬픔이 있는 이 세상에서
우리를 강하게 살도록 해주는 것은
웃음과 유머밖에 없다.

✦

이 세상에는 머리에서 나오는 지혜가 있고,
마음속에서 우러나오는 지혜가 있다.

✦

최고의 진짜 지혜는
사랑하는 마음이다.

• **찰스 디킨스**Charles Dickens
19세기 영국의 소설가(1812~1870)입니다. 가진 자에 대한 풍자와 인간 생활의 애환을 그린 작품들을 선보이며 명성을 얻었습니다. 작품으로는 《크리스마스 캐럴》, 《올리버 트위스트》, 《위대한 유산》 등이 있습니다.

쓰는 시간 월 일 시

평화라는 종교를 가진 인간에게
최고의 가치는 사랑이다.
전쟁이라는 종교를 가진 인간에게
최고의 가치는 투쟁이다.

———✦———

몸과 마찬가지로 마음도
지나치게 안락하면
찌그러지고 우그러든다.

———✦———

진실한 말 한마디는
웅변과 같은 가치가 있다.

쓰는 시간 월 일 시

로렌스의 말

인류가 쓰는 지상의 모든 언어 중

최고는 눈물이다.

눈물은 위대한 통역관이다.

✦

할 말이 없으면 말하지 말라.

순수한 열정이 샘솟으면 그때 말하라.

✦

독서의 참다운 기쁨은

몇 번이고 다시 읽는 것이다.

• **D. H. 로렌스**David Herbert Lawrence

영국의 소설가이자 시인, 비평가(1885~1930)입니다. 현대 문명사회에서의 성과 사랑을 주제로 작품 활동을 하며 남녀 관계의 새로운 윤리를 추구했습니다. 작품으로는 《아들과 연인》, 《채털리 부인의 사랑》 등이 있습니다.

쓰는 시간 월 . 일 시

독서는 충실한 인간을 만들고,

회의는 각오가 선 인간을 만들며,

필기는 정확한 인간을 만든다.

남의 행복을 싫어하는 사람은

결국 그 자신도

행복해지지 못한다.

남녀 간의 사랑은

수축과 이완을 거듭하는

생명의 고동이다.

쓰는 시간 월 일 시

모파상의 말

알맞은 위치에 찍혀 있는 문장부호는
감동 그 자체다.

운명은
늘 우연을 가장해서 찾아온다.

사랑은
동정이 아니라
흘러가는 마음 그 자체다.

- **기 드 모파상**Guy de Maupassant
단편소설의 아버지로 불리는 19세기 프랑스 소설가(1850~1893)입니다. 데뷔작인 단편 〈비곗덩어리〉를 발표해서 명성을 얻은 대표적인 사실주의 작가입니다. 작품으로는 《여자의 일생》, 《벨 아미》 등이 있으며, 특히 《여자의 일생》은 프랑스 사실주의 문학이 낳은 걸작으로 평가됩니다.

쓰는 시간 월 일 시

인간이란

본래 고독하고 이기적인 존재다.

인생은 그렇게 즐겁지도 않고

불행하지도 않다.

그 모든 것을 결정하는 것은

오직 자신뿐이다.

재능이란

지속할 수 있는 열정이다.

쓰는 시간　　월　　일　　시

발자크의 말

아무리 현명한 사람이라도
미리 불행을 막을 수는 없다.
그러나 그 불행을 밟고 일어나
새로운 길을 발견할 수는 있다.

✦

아무것도 변하지 않아도 내가 변하면
모든 것이 변한 것이다.

✦

사람의 얼굴은
하나의 풍경이며 한 권의 책이다.
용모는 결코 거짓말을 하지 않는다.

- **오노레 드 발자크**Honoré de Balzac

프랑스의 소설가이자 극작가, 저널리스트(1799~1850)입니다. 소설에 의한 사회사라는 거창한 구상 아래 《고리오 영감》, 《골짜기의 백합》 등을 썼으며 그 총서에 '인간 희극'이라는 종합적 제목을 붙였습니다. 근대 사실주의 문학의 최고 작가 중 한 사람으로 손꼽힙니다.

쓰는 시간 월 일 시

지나치게 격의 없는 인간은 존경심을 잃고,

너그러운 인간은 무시당하고,

쓸데없이 열의를 보이는 인간은

보기 좋게 이용당한다.

———✦———

성공의 비결은

좌절하지 않고

극복하는 데에 있다.

———✦———

남편은 알아야 한다.

아내란 자신이 만들어 낸

작품이라는 것을.

쓰는 시간 월 일 시

보부아르의 말

여자는
태어나는 것이 아니라
만들어지는 것이다.

✦

호기심이 사라지는 순간
노년이 시작된다.

✦

그대가 누군가를 위해
모든 것을 버릴 수 있다고 생각한다면,
그 사람은 결코 그대가 모든 것을 버리지 않도록
최선을 다할 것이다.

• **시몬 드 보부아르**Simone de Beauvoir
20세기 프랑스 지성을 대표하는 작가이자 철학자, 사회운동가(1908~1986)입니다. 실존주의적 입장에서 시와 평론을 쓰며 여성 해방 운동에 참여했습니다. 1949년에 발표한 《제2의 성》은 전 세계적으로 큰 파장을 불러일으키며 현대 페미니즘의 필독서가 되었습니다. 작품으로는 《초대받은 여자》, 《타인의 피》, 《처녀 시절》 등이 있습니다.

쓰는 시간 월 일 시

기대가 없으면

사람의 마음은 무능력해지고,

완고해지고,

딱딱하게 굳는다.

다른 사람의 삶에

가치를 부여하는 한

그대의 삶은 가치가 있다.

자신의 몸에 대한

확신을 잃어버리는 것은

자신에 대한

확신을 잃어버리는 것과 같다.

쓰는 시간 월 일 시

살로메의 말

인생이 무거운 짐이 되지 않게 하기 위해서는
그것을 어깨 위에 멜 것이 아니라
발밑에 놓고 밟아야만 한다.

✦

사랑은 동정 이상의 것이다.
사랑은 함께 투쟁할 수 있는 것이기 때문이다.

✦

분노는 사람을 멸하고,
고통은 사람을 키운다.

• **루 살로메**Lou Andreas-Salomé
독일의 작가이자 평론가, 정신분석가(1861~1937)입니다. 당대 많은 지성인과 문호에게 지적 영감을 주었던 최초의 여성 정신분석학자로 알려져 있습니다. 작품으로는 《인간의 아이들》, 《릴케》, 《프로이트에 대한 나의 감사》 등이 있으며, 사망한 뒤에 자서전 《인생 회고》가 출간되었습니다.

쓰는 시간 월 일 시

문제 제기에는

문제 해결에 뒤지지 않을 만한

지성이 필요하다.

충실함은

감성에서 생겨나는 것이 아니라

습관의 산물이다.

여자는

사랑 때문에 죽지 않는다.

그러나 사랑의 결핍으로

서서히 죽어간다.

쓰는 시간 월 일 시

상드의 말

삶에서 얻을 수 있는
한 가지 확실한 행복은
사랑하고 사랑받는 것이다.

✦

사랑하라.
인생에서 좋은 것은 그것뿐이다.

✦

상처받기 위해 사랑하는 것이 아니라
사랑하기 위해서 상처받는 것이다.

• **조르주 상드**George Sand

프랑스 낭만주의 시대의 대표적인 여성 작가(1804~1876)입니다. 인도주의적 사회소설과 농민들의 소박한 생활을 그린 전원소설을 남겼습니다. 그녀가 남긴 편지들을 조르주 뤼뱅이 26권으로 엮은 서간집은 세계 서간문학의 최고봉으로 꼽힙니다. 작품으로는 《앵디아나》, 《마의 늪》 등이 있습니다.

쓰는 시간 월 일 시

삶이라는 책에서

한 페이지만 찢어 낼 수는 없다.

―――✦―――

나는

신이 무관심하게 행동한다고 믿느니

차라리 신이 없다고 믿고 싶다.

―――✦―――

망설임 없이 주고,

후회 없이 지고,

비열하지 않게 얻는 법을 배워라.

쓰는 시간　　월　　일　　시

생텍쥐페리의 말

마음으로 볼 때만 진정으로 볼 수 있다.
가장 중요한 것은 눈에 보이지 않기에.

사랑이란
서로 마주 보는 것이 아니라
함께 같은 방향을 바라보는 것이다.

사막이 아름다운 것은
어딘가에 우물을 숨기고 있기 때문이다.

- **앙투안 드 생텍쥐페리**Antoine de Saint-Exupery

프랑스의 소설가(1900~1944)입니다. 그는 한때 비행사로 일하기도 했는데, 대표작 《어린왕자》에는 그때의 체험이 녹아 있습니다. 주로 위험을 무릅쓰고 행동하는 인간의 아름다움, 순수함, 고귀함을 작품에 담았습니다. 작품으로는 《인간의 대지》, 《야간 비행》, 《어린왕자》 등이 있습니다.

쓰는 시간　　월　　일　　시

미래에 관한 한 그대의 할 일은
예견하는 것이 아니라
그것을 가능하게 하는 것이다.

✦

인간은
상호관계로 묶어지는 매듭이요,
거미줄이며, 그물이다.
이 인간관계만이 유일한 문제다.

✦

부모들이
우리의 어린 시절을 꾸며 주셨으니,
우리는
그들의 말년을 아름답게 꾸며 드려야 한다.

쓰는 시간 월 일 시

스탕달의 말

여자와 사이좋게 지내는 가장 좋은 방법은
그 여자의 일에 절대 간섭하지 않는 것이다.

사랑에는 한 가지 법칙밖에 없다.
그것은 사랑하는 사람을
행복하게 만드는 것이다.

누군가를 진심으로 사랑하는 것은
단 한 번밖에 없다.
바로 첫사랑이다.

- **스탕달**Stendhal

발자크와 함께 프랑스 근대 소설의 창시자로 불리는 소설가(1783~1842)입니다. 날카로운 심리 분석과 사회 비판으로 심리주의 소설의 전통을 수립했다는 평가를 받습니다. 생전에 그 가치를 인정받지 못했으나, 오늘날 19세기 최고 작가 중 한 사람으로 손꼽히고 있습니다. 작품으로는 평론 〈연애론〉, 소설 《적과 흑》, 《파름의 수도원》 등이 있습니다.

쓰는 시간 월 일 시

젊음을 오래 보존하는 방법은
마음을 맑고 깨끗하게 하여
모든 증오의 감정을 멀리하는 것이다.

———✦———

자신이 계획한 좋은 일을
전력을 다해서 했을 때의 그 기쁨보다
더 큰 것이 어디 있겠는가?

———✦———

소설이란
길거리를 방황하며
걷고 있는 거울이다.

쓰는 시간 월 일 시

와일드의 말

삶은 복잡하지 않다. 우리가 복잡한 것이다.
삶은 단순하다. 그리고 단순한 것이 옳은 것이다.

✦

당신의 적을 용서하라.
그것만큼 적을 괴롭힐 수 있는 것도 없다.

✦

도덕적이거나 비도덕적인 책은 없다.
책은 잘 썼든지 못 썼든지 둘 중 하나다.

• **오스카 와일드**Oscar Wilde
19세기 말의 유미주의를 대표하는 아일랜드의 극작가이자 소설가, 시인(1854~1900)입니다. 월터 페이터가 쓴 《르네상스》의 영향을 받아, '예술을 위한 예술'을 표어로 하는 유미주의 운동의 기수가 되었습니다. 작품으로는 희곡 〈살로메〉, 동화 〈행복한 왕자〉, 장편소설 《도리언 그레이의 초상》 등이 있습니다.

쓰는 시간 월 일 시

문학과 저널리즘의 차이는 무엇일까?

저널리즘은 읽을 가치가 없고,

문학은 읽는 사람이 없다는 것이다.

세상에서 살아가는 것은

매우 드문 일이다.

대부분의 사람들은

그냥 존재만 할 뿐이다.

낙관주의자는 도넛을 보고,

비관주의자는 도넛의 구멍을 본다.

쓰는 시간 월 일 시

울프의 말

때로 나는
지치지 않고 계속해서 책을 읽는 것에
천국이 있지 않나 생각한다.

책은
영혼의 거울이다.

세계 역사를 통틀어
여성은 언제나 익명의 존재였다.

• **버지니아 울프**Virginia Woolf
20세기 모더니즘 문학을 대표하는 영국의 소설가이자 비평가(1882~1941)입니다. 제임스 조이스, 마르셀 프루스트와 함께 '의식의 흐름'이라는 새로운 소설 형식을 시도했습니다. 여성의 사회적 지위에 대한 성찰과 각성을 촉구하는 걸작 《자기만의 방》을 썼습니다. 작품으로는 《댈러웨이 부인》, 《등대로》, 《파도》, 《자기만의 방》 등이 있습니다.

쓰는 시간 월 일 시

여성에게는

'자기만의 재산'과

방해받지 않고 창작할 수 있는

'자기만의 방'이 있어야 한다.

스스로에게 진실을 말하지 않는다면,

다른 사람에게 그것을 말할 수 없다.

낙오되지 않으려면

자신의 존재를

부지런히 알려야 한다.

쓰는 시간　　　월　　　일　　　시

체호프의 말

총명한 사람은 배우는 것을 좋아하지만,
어리석은 사람은 가르치는 것을 좋아한다.

✦

사랑할 수 있다는 것은
모든 것을 할 수 있다는 것이다.

✦

부드러운 말로 상대를 설득하지 못하는 사람은
위엄 있는 말로도 설득하지 못한다.

• **안톤 체호프**Anton Pavlovich Chekhov
러시아의 소설가이자 극작가(1860~1904)입니다. 인간의 속물성을 비판하고 휴머니즘을 추구하는 작품들을 주로 썼으며, 시대의 변화와 요구에 대한 올바른 목소리를 전달하기 위해 저술 활동을 했습니다. 작품으로는 소설 〈육호실〉, 〈귀여운 여인〉, 희곡 〈벚꽃 동산〉, 〈세 자매〉, 〈바냐 아저씨〉, 〈갈매기〉 등이 있습니다.

쓰는 시간 월 일 시

가정생활과 결혼 생활에서
가장 소중하고 중요한 것은
인내다.

———✦———

남자와 사귀지 않는 여자는
갈수록 퇴색한다.
여자와 사귀지 않는 남자는
서서히 바보가 된다.

———✦———

고독이 두렵거든
결혼하지 말라.

쓰는 시간 월 일 시

카프카의 말

죽음에 대한 준비는 단 하나밖에 없다.
훌륭한 인생을 사는 것이다.

아무리 뛰어난 의견이라 할지라도
머릿속에 떠오르는 것만으로는
아무 소용이 없다.

모든 것들은
오고 가고 또 온다.

• **프란츠 카프카**Franz Kafka

체코슬로바키아 태생의 독일 소설가(1883~1924)입니다. 인간 존재의 부조리를 초현실주의 수법으로 파헤쳐, 현대 실존주의 문학의 선구자로 높이 평가받고 있습니다. 작품으로는 《변신》, 《성》, 《심판》 등이 있습니다.

쓰는 시간 월 일 시

삶이 소중한 이유는

언젠가 끝나기 때문이다.

시작하는 데 있어

나쁜 시기란 없다.

우리가 소유할 수 있는

유일한 인생은

일상이다.

쓰는 시간 월 일 시

톨스토이의 말

행복한 가정은 모두 비슷하지만,
불행한 가정은 그 이유가 제각각 다르다.

✦

생각하기 위해 시간을 내라.
능력의 근원이다.
독서하기 위해 시간을 내라.
지혜의 원천이다.

✦

가장 중요한 때는 지금이고,
가장 중요한 일은 지금 하고 있는 일이다.

• **레프 톨스토이**Lev Nikolayevich Tolstoy

19세기 러시아 문학을 대표하는 세계적 문호이자 문명 비평가, 사상가(1828~1910)입니다. 귀족 출신이었지만 유한有閑 사회의 생활을 부정했으며, 구도적求道的 내면세계를 묘사했습니다. 작품으로는 나폴레옹의 모스크바 침략과 러시아 사회의 이면을 그린 《전쟁과 평화》, 사랑과 결혼 등의 문제를 다룬 《안나 카레니나》, 러시아 민담을 개작한 〈바보 이반〉, 죽음을 소재로 한 〈이반 일리치의 죽음〉 등이 있습니다.

쓰는 시간 월 일 시

인간관계에서

자신을 높이는 가장 훌륭한 방법은

남을 탓하지 않는 것이다.

인간은 분수와 같다.

분자는 자신의 실제이며

분모는 자신에 대한 평가다.

분모가 클수록 분수는 작아진다.

모두

세상을 바꾸겠다고 생각하지만,

누구도 스스로 변하겠다고는

생각하지 않는다.

쓰는 시간 월 일 시

트웨인의 말

인류에게는 정말로
효과적인 무기가 하나 있다.
바로 웃음이다.

‘어떻게 말할까?’ 하고 괴로울 땐
진실을 말하라.

용기란 두려움에 대한 저항이고,
두려움의 정복이다.
두려움이 없는 게 아니다.

• **마크 트웨인**Mark Twain
미국 현대 소설의 효시라 불리는 미국의 소설가(1835~1910)입니다. 본명은 새뮤얼 랭혼 클레멘스이며, 구어口語를 사용한 유머와 사회 풍자로 사실주의 문학을 개척했다는 평가를 받습니다. 작품으로는 《톰 소여의 모험》, 《허클베리 핀의 모험》 등이 있습니다.

쓰는 시간 월 일 시

모험하라!

모험이야말로 삶을 삶이게 하는

가장 큰 보험이다.

좋은 책을 읽지 않는 사람은

책을 읽을 수 없는 사람보다

나은 게 없다.

슬픔은 자연히 해결된다.

그러나 기쁨의 가치를 충분히 누리려면

기쁨을 함께 나눌 누군가가 필요하다.

쓰는 시간 월 일 시

프루스트의 말

어머니는 20년의 세월 동안
한 소년을 사나이로 키워 낸다.
그러고 나면 다른 여자가 나타나
그 사나이를 20분 만에 바보로 만들어버린다.

열망은 모든 것을 꽃피게 하지만,
소유는 모든 것을 시들고 스러지게 한다.

당신을 행복하게 하는 사람들에게 감사하라.
그들은 당신의 영혼을 꽃피게 하는 정원사들이니.

• **마르셀 프루스트**Marcel Proust

프랑스의 소설가(1871~1922)입니다. 인간 내면의 모습을 '의식의 흐름'에 기대 서술한 기법으로 세계문학의 흐름을 바꿔 놓았다는 평가를 받습니다. 집필하는 데만 10여 년이 걸린 일생의 대작 《잃어버린 시간을 찾아서》를 남겼습니다.

쓰는 시간　　월　　일　　시

진정한 여행은

새로운 풍경을 찾는 것이 아니라

새로운 눈으로 보는 것이다.

———✦———

지혜란 받는 것이 아니다.

우리는 그 누구도 대신해 줄 수 없는 여행을 한 후

스스로 지혜를 발견해야 한다.

———✦———

고통은

그것을 철저히 경험함으로써만 치유된다.

쓰는 시간 월 일 시

피츠제럴드의 말

이 세상에는 온갖 종류의 사랑이 있지만

똑같은 사랑은 두 번 다시 없다.

✦

잊는 것은

결국 용서하는 것이다.

✦

한 번 실패와 영원한 실패를

혼동하지 말라.

• **F. 스콧 피츠제럴드**Francis Scott Key Fitzgerald

20세기 초 '길 잃은 세대'를 대표하는 미국의 소설가(1896~1940)입니다. 작품으로는 《낙원의 이쪽》, 《위대한 개츠비》, 《밤은 부드러워》 등이 있습니다. 대표작 《위대한 개츠비》는 미국의 꿈과 악몽을 그려 낸 작품으로, 오늘날에도 다양하게 변주되고 있습니다.

쓰는 시간 월 일 시

위대한 것은

고독 속에서만 태어난다.

—✦—

힘들게 오른 산의 정상에서

어떤 풍경을 만나게 될지는

아무도 모른다.

—✦—

회의에서 위대한 아이디어가

탄생한 적은 없지만,

많은 어리석은 아이디어들이

그곳에서 죽었다.

쓰는 시간 월 일 시

헤밍웨이의 말

나이가 들수록 영웅을 찾는 것이 더 어렵다.

하지만 나이가 들면 들수록

영웅이 더 필요하게 된다.

✦

삶에 대해서 글을 쓰려면,

먼저 삶을 살아 봐야 한다.

✦

책만큼

신뢰할 수 있는 친구도 없다.

• **어니스트 헤밍웨이**Ernest Miller Hemingway

미국을 대표하는 소설가(1899~1961)입니다. 제1차 세계대전 때 종군한 경험을 바탕으로, 현실과 용감하게 싸우고 위엄 있게 패배하는 인간의 모습을 간결하고 힘찬 문체로 묘사했습니다. 1954년에 노벨문학상을 받았습니다. 작품으로는 《노인과 바다》, 《무기여 잘 있어라》, 《누구를 위하여 종은 울리나》 등이 있습니다.

쓰는 시간　　월　　일　　시

다른 사람보다 우수하다고 해서

고귀한 것은 아니다.

과거의 자신보다 우수한 것이야말로

진정으로 고귀한 것이다.

———✦———

세상은

정말 멋진 곳이다.

그렇기에 싸울 가치가 있다.

———✦———

기회를 찾지 말고,

기회를 만들어라.

쓰는 시간 월 일 시

헤세의 말

용기와 인격을 갖춘 사람들은

항상 다른 사람들에게 악의적으로 비친다.

✦

인생에서 가장 중요한 것은

자신에게 부여된 길을 한결같이 똑바로 걷고

다른 사람과 비교하지 않는 것이다.

✦

지식은 사람에게 전해질 수 있으나,

지혜는 그렇지 않다.

• **헤르만 헤세**Hermann Karl Hesse

독일의 소설가이자 시인(1877~1962)입니다. 현대 문명을 비판하고 인간 내부에 숨어 있는 선과 악, 지성과 감성의 이중성을 파헤치는 작품들을 선보였습니다. 나아가 동양적 신비 사상에도 깊은 관심을 보였습니다. 1946년에 노벨문학상과 괴테상을 받았습니다. 작품으로는 《데미안》, 《나르치스와 골드문트》, 《수레바퀴 밑에서》, 《유리알 유희》 등이 있습니다.

쓰는 시간 월 일 시

단어, 글, 책이 없었다면
세상에 역사도 없었을 것이고,
인간성이란 개념도 없었을 것이다.

행복이란
'어떻게'이지
'무엇'이 아니다.

진실이란
경험하는 것이지
배울 수 있는 것이 아니다.

쓰는 시간 월 일 시

4장

세계 유명인들의 명연설

명연설의 울림이 퍼질 때

'글'이 있고 나서 '말'이 있을까요? '말'이 있고 나서 '글'이 있을까요? 글을 모르는 사람도 말은 할 줄 아는 것으로 보아 말이 먼저인 것 같기는 합니다. 하지만 글이 바탕이 되어야 훌륭한 연설이나 토론을 할 수 있는 것으로 볼 때 순서로만 중요도를 따질 일은 또 아닌 것 같습니다. 연설이나 토론을 하려면 어쨌든 먼저 글로 된 자료가 있어야 합니다. 대본이라는 게 존재한다는 말이죠. 즉흥적으로 하는 말에도 밑바탕엔 글의 힘이 있습니다. 명연설의 문장력이 살아 있는 건 그래서입니다.

사실 연설과 토론은 일상의 보통 때보다는 비즈니스나 정치적으로 매우 중요한 때에 접하게 됩니다. 그리고 일반적으로 많이 읽고, 많이 쓰고, 많이 생각하는 사람이 역시 연설도 잘하고 토론도 잘합니다. 글을 잘 쓰는 것 또한 마찬가지고요. 수많은 대중을 상대로 자신의 사상과 생각을 자유롭게 발표하는 능력은 앞서가는 사람의 필수 요소이기도 합니다. 연설은 단순한 생각의 전달이 아닙니다. 그 이면에는 연설자의 연설 의도가 담긴 글이 숨어 있을 때가 많습니다. 그래서 인간의 영혼과 심리에 영향을 주는 연설은 보통 명문장으로 인정받습니다.

이번 장에서는 세계 유명 지도자들의 연설을 담았습니다. 그들의 소신과 사상이 깃든 명연설은 곧 명문장이기 때문입니다. 그리고 여기에 수록한 연설문의 문장들은 우리말의 뉘앙스에 맞게 나름의 교정과 교열 작업을 거쳤습니다.

동서고금을 막론하고 하나의 진실이 있습니다. 바로 많이 읽고 많이 쓸 때 문장력이 자기도 모르게 향상된다는 것입니다. 맞습니다. 하지만 여기에서 그치면 자기만의 독특한 문장력이 생성되지 않습니다. 앞에서도 강조했지만, 감동을 받고 그 감동이 명상으로 이어져야 합니다. 그리고 일기 같은 사소한 이야기라도 꾸준히 써야 합니다. 그때 비로소 자기만의 글이 탄생합니다. 독서와 필사의 힘을 믿고 자기만의 '글쓰기'를 꾸준히 하기를 권합니다.

가장 깊이 책을 읽는 방법이 필사라고 합니다. 필사의 시간이 끝나면 명연설의 감동과 함께 편안한 잠 주무시길 바랍니다.

비협력 운동의 비폭력적인 면

비협력 운동이란 무엇일까요?

그리고 우리는 왜 비협력 운동을 전개하려는 걸까요?

나는 비협력 운동이 위헌이라는 말을 들었지만,

그 말을 감히 부정합니다.

오히려 비협력 운동은 정당하며 종교적 교리라고 주장하는 바입니다.

그것은 모든 인간의 타고난 권리이므로 전적으로 합헌에 해당합니다.

(중략)

• **마하트마 간디**Mahatma Gandhi

인도의 민족 운동 지도자이자 인도 건국의 아버지(1869~1948)입니다. 남아프리카에서의 인종차별에 대한 투쟁으로 유명해졌으며, 제1차 세계대전 이후 영국에 대해 반영 · 비협력 운동 등의 비폭력 저항을 전개했습니다. 제2차 세계대전 후 힌두 · 이슬람 양 종교 간의 융화에 힘썼으나 실패하고, 한 힌두교 청년에게 암살당했습니다. '마하트마'는 대성大聖의 의미를 지녔습니다.

쓰는 시간 월 일 시

여러분이 우리의 현 정부 같은 매우 부당한 정부에

협력하기를 거부하지 않는 것은 위헌입니다.

또한, 그런 정부에 협력하는 것도 위헌입니다.

나는 영국인을 싫어하지 않습니다.

나는 반영주의자도 아닙니다.

나는 어떤 정부에 대해서도 반대하지 않습니다.

나는 거짓과 속임수와 부정에 반대할 뿐입니다.

정부가 부정을 초래하는 한,

정부가 나를 화해할 수 없는 적으로 간주해도 좋습니다.

* 본 연설문은 마하트마 간디가 1920년 8월 12일 인도의 마드라스 지방에서 군중들에게 대영 비협력 운동을 촉구한 연설 일부를 발췌한 것입니다.

쓰는 시간 월 일 시

더 많이 베풀어라

나는 이곳 하버드에서
경제학과 정치학의 새로운 사상을 배웠고,
과학이 성취한 진보에 대해서도 많이 공부할 수 있었습니다.
그러나 인간성의 가장 위대한 진보는
그런 발견 자체보다는 그 발견이 어떻게
기존 불평등을 해소하는지에 달려 있다고 생각합니다.

(중략)

• **빌 게이츠**Bill Gates
세계 최대 컴퓨터 소프트웨어 업체인 마이크로소프트MS의 설립자(1955~)입니다. MS의 회장 및 기술 고문을 맡아 오다가 2008년 6월 회장직에서 은퇴했으며, 이후 MS 이사회의 의장 역할을 맡고 있습니다. 세계적인 부호 중 한 명으로, 자선가·작가로도 활동하고 있습니다.

쓰는 시간 월 일 시

하버드 입학을 통보받은 날, 자긍심 강한 어머니는
"항상 다른 사람에게 더 많이 베풀어야 한다"는
말씀을 멈추지 않았습니다.
내 결혼식 며칠 전 어머니는 신부 축하 파티를 주관하면서
멜린다에게 쓴 편지를 큰 소리로 읽었습니다.
당시 어머니는 암으로 고생하고 있었는데도
다시 한 번 당신의 메시지를 편지 내용에 담았습니다.
어머니는 편지 끝부분에 이렇게 썼습니다.
"많은 것을 받은 사람들에게는 더 많은 의무가 요구된다."

* 본 연설문은 2007년 6월에 있었던 하버드대 졸업식에서 빌 게이츠가 명예박사 학위를 받으며 행한 연설 일부를 발췌한 것입니다.

쓰는 시간 월 일 시

무기를 들어야 합니다

여러분이 무기를 손에 쥐는 모습이 벌써 눈에 선합니다.

나약한 휴식은 지루한 것입니다.

영광을 놓치면 행복도 놓치는 것입니다.

자, 그럼 모두 출발합시다.

이제 여러분은 다시 무기를 들어야 합니다.

활동하지 않는 나약한 휴식은 금물입니다.

다시 무기를 들고 우리 함께 전진합시다.

그리하여 적군을 무찌르고 새로운 월계관을 씁시다.

• **나폴레옹 보나파르트**Napoléon Bonaparte
프랑스의 군인이자 제1통령, 황제(1769~1821)입니다. 1804년에 황제의 자리에 올라 제1 제정을 수립하고 유럽 대륙을 정복했습니다. 하지만 트라팔가르 해전에서 영국 해군에 패하고 러시아 원정에도 실패하여 퇴위했습니다. 엘바섬에 유배되었다가 탈출해 이른바 '백일천하'를 실현했으나, 다시 세인트헬레나섬으로 유배되어 그곳에서 숨을 거두었습니다.

* 본 연설문은 나폴레옹 보나파르트가 밀란 입성을 앞두고 병사들에게 행한 연설 일부를 발췌한 것입니다. 나폴레옹은 연설을 통해 부하들의 사기를 올리는 방법을 잘 알고 있었다고 합니다.

쓰는 시간 월 일 시

실패가 주는 혜택과 상상력의 중요성

가난은 공포, 스트레스, 그리고 우울증을 동반합니다.
가난은 수치와 어려움을 의미하기도 합니다.
여러분이 자신의 노력으로
가난에서 헤쳐 나오는 것은 자랑스러워해도 됩니다.
하지만 가난 자체를 낭만적으로 생각하는 것은
그야말로 바보짓입니다.
내가 여러분 나이 때 정말로 두려웠던 것은
사실 가난이 아니었습니다.
실패였습니다.

(중략)

• **조앤 K. 롤링**Joanne K. Rowling

꿈을 현실로 만든 영국의 작가(1965~)입니다. 일자리가 없어 생활 보조금으로 연명하다가 집 근처 카페에서 《해리포터와 마법사의 돌》을 완성해 세계적인 베스트셀러 작가가 되었습니다. 《해리포터와 마법사의 돌》은 '세계 최우수 아동도서'로 선정되었고 각종 상을 휩쓸었습니다. 2000년 영국 최고의 문학상인 '올해의 작가상'을 받아 그 문학성을 인정받기도 했습니다.

쓰는 시간 월 일 시

여러분은 아마 저만큼은 실패하지 않을 것입니다.

하지만 인생에서 실패는 불가피한 것이기도 합니다.

뭔가에 실패하지 않고 사는 것은 사실 불가능합니다.

모든 경험을 거부하고

마치 죽은 사람처럼 조심스럽게 살지 않는 한 말입니다.

(중략)

실패는 내게 시험에 통과해서는 얻을 수 없었던

내적 안정감을 주었습니다.

또 실패는 내게 다른 곳에서는 배울 수 없었던

나 자신에 대한 가르침을 주었습니다.

내게 생각보다 더 강한

의지력과 절제력이 있다는 것을 말입니다.

* 본 연설문은 조앤 K. 롤링이 2008년 하버드대 졸업식에서 행한 연설을 일부 발췌한 것입니다. 순탄하지 못했던 자신의 인생사와 그 과정에서의 실패담 등을 솔직하게 표현하고 있는 멋진 연설입니다.

쓰는 시간 월 일 시

네 가지 자유

제1의 자유는 언론과 표현의 자유입니다.

이것은 전 세계 어디에서나 같습니다.

제2의 자유는 종교와 신앙의 자유입니다.

(중략)

이것 또한 전 세계 어디에서나 같습니다.

제3의 자유는 가난으로부터의 자유입니다.

(중략)

이것도 전 세계 어디에서나 똑같습니다.

제4의 자유는 공포로부터의 자유입니다.

(중략)

이것 역시 전 세계 어디에서나 마찬가지로 적용됩니다.

• **프랭클린 루스벨트**Franklin Delano Roosevelt
미국의 제32대 대통령(1882~1945)입니다. 미국 역사상 유일무이한 4선 대통령이며, 대공황을 극복하기 위해 '뉴딜 New Deal' 정책을 강력하게 추진했습니다. 제2차 세계대전을 승리로 이끈 뒤 대서양 헌장을 선언하고 국제 연합 조직의 기초를 확립했습니다.

* 본 연설문은 프랭클린 루스벨트가 1941년 1월 6일 의회에서 행한 연설을 일부 발췌한 것입니다. 독일, 이탈리아, 일본에 경고를 보내는 내용입니다.

쓰는 시간　　월　　일　　시

국민의, 국민에 의한, 국민을 위한

세상 사람들은 우리가 이곳에서 말하는 것을

주목하거나 기억하지 않을 것입니다.

그러나 이곳에서 싸웠던 사람들이

이루어 놓은 업적을 영영 잊을 수는 없습니다.

그러므로 그들이 지금까지 그렇게도 숭고하게 추진해 온

그 미완의 과업을 이루기 위해 헌신해야 하는 것은

우리 생존자들의 몫입니다.

(중략)

국민의, 국민에 의한, 국민을 위한 정부가

지상에서 사라지지 않도록 굳은 결의를 해야 합니다.

• **에이브러햄 링컨**Abraham Lincoln

미국의 제16대 대통령(1809~1865)입니다. 남북 전쟁에서 북군을 지도하며 점진적인 노예 해방을 이루어 냈습니다. 1864년 대통령에 재선되었으나 이듬해 암살당했습니다. 게티즈버그에서 행한 연설 가운데 '국민의, 국민에 의한, 국민을 위한 정부'라는 말은 민주주의의 참모습을 표현한 것으로 유명합니다.

* 본 연설문은 에이브러햄 링컨이 1863년 11월 19일 남북 전쟁의 격전지였던 게티즈버그에서 행한 연설을 일부 발췌한 것입니다.

쓰는 시간　　월　　일　　시

집 노예와 농장 노예

여러분은 감리교도나 침례교도이기 때문에

지옥을 경험하지는 않습니다.

여러분은 민주당원이나 공화당원이라는 이유로

지옥을 경험하지는 않습니다.

메이슨Mason이나 엘크Elk 회원이기 때문에

지옥을 경험하지도 않습니다.

또한, 여러분은 물론 미국인이기 때문에

지옥을 경험하지도 않습니다.

그런데 여러분은 단지 흑인이라서 지옥을 경험합니다.

우리는 모두 흑인이라서 지옥을 경험하고 있습니다.

(중략)

• **말콤 엑스**Malcolm X

미국의 급진파 흑인 해방운동가(1925~1965)입니다. 종교와는 무관하게 아프리카계系 미국흑인통일기구Organization of Afro-American Unity를 설립했습니다. 1965년 2월 21일 뉴욕에서 열린 인종차별 철폐를 주장하는 집회에서 연설 중 암살당했습니다.

쓰는 시간 월 일 시

노예에는 두 종류가 있습니다.

집 노예House Negro와 농장 노예Field Negro가 그것입니다.

집 노예는 주인과 함께 살면서 제법 좋은 옷도 입고

주인이 먹다 남긴 꽤 괜찮은 음식도 먹습니다.

(중략)

같은 농장에 농장 노예가 있습니다.

그들은 수가 많습니다.

항상 집 노예보다 많죠.

농장 노예들은 밭에서 일하며 지옥을 경험합니다.

그들은 남은 음식만 먹습니다.

반면, 집에서는 돼지고기의 좋은 부위를 먹습니다.

하지만 농장 노예에게 돌아오는 거라곤 남은 돼지 내장뿐이죠.

(중략)

그래서 농장 노예들은 과거에 '돼지 내장'이라고 불렸습니다.

그런데 그게 바로 여러분입니다.

돼지 내장이나 먹는 사람들 말이오.

여러분 중 몇몇은 여전히 돼지 내장이나 먹는 사람들이라고요.

* 본 연설문은 1963년 11월 10일 미국 미시간주 디트로이트시에 있는 킹솔로몬 침례교회에서 개최된 북부 흑인 민중 리더십 회의에서 말콤 엑스가 행한 연설을 일부 발췌한 것입니다.

쓰는 시간 월 일 시

의무, 명예, 조국

의무, 명예, 조국.

이 신성한 세 단어는 여러분이 되어야 하는 것,

여러분이 될 수 있는 것,

여러분이 될 것을 경건하게 가리키고 있습니다.

이 세 단어는 용기가 꺾일 때 용기를 북돋워 주고,

신념의 근거가 희박해질 때 다시 신념을 얻게 해주고,

희망이 사그라들 때 다시 희망을 갖게 해주는

재기를 위한 거점입니다.

• **더글러스 맥아더**Douglas MacArthur

진주만을 기습한 일본을 공격해 1945년 8월 항복시키고 일본 점령군 최고 사령관이 된 미국의 군인(1880~1964)입니다. 1950년 한국전쟁 때 인천 상륙 작전을 주도해 큰 성과를 내기도 했으나, 중공군과의 전면전을 두고 트루먼 대통령과 갈등을 빚어 해임되었습니다. '노병은 죽지 않는다. 다만 사라질 뿐이다'라는 유명한 말을 남겼습니다.

* 본 연설문은 더글러스 맥아더가 미국의 육군사관학교인 웨스트포인트에서 행한 연설을 일부 발췌한 것입니다. 맥아더는 연설한 적이 드물지만 한번 연설하면 많은 사람을 감동시키는 멋진 연설을 했다고 합니다.

쓰는 시간 월 일 시

신 이외에는 아무도 모르는 일

아테네 시민들이여!

그대들은 내가 충분한 변론을 하지 못해,

그로 인한 논거 부족으로 유죄 확정이 되었다고 생각할 것입니다.

(중략)

그러나 전혀 그렇지 않습니다.

뭔가 부족해 유죄 판결을 받은 것은 사실입니다.

그러나 내 변론의 논거가 부족했기 때문이 아니라

무모함과 뻔뻔함이 없었기 때문이며,

그대들의 귀를 솔깃하게 하는 아첨이 없었기 때문입니다.

(중략)

• **소크라테스**Socrates
기원전 5세기경에 활동한 고대 그리스의 대표적 철학자(B.C. 470?~B.C. 399)입니다. 문답법을 통한 깨달음, 무지에 대한 자각, 덕과 앎의 일치를 중시했습니다. 신을 모독하고 청년을 타락시켰다는 혐의로 독배毒杯를 받고 처형되었습니다. 그의 사상은 제자 플라톤에 의해 후세에 전해졌습니다.

쓰는 시간 월 일 시

판사들이여!

나의 아들들이 다 크면 내가 그대들에게 고통을 준 만큼

나의 아들들에게 고통을 주고 처벌할 것을 부탁합니다.

만약 내 아들들이 미덕보다 부유함이나 다른 것을 쫓고,

아무것도 아니면서 뭔가 대단한 사람처럼 거들먹거린다면 말입니다.

(중략)

이제 떠날 시간이 되었습니다.

나는 죽음을 향해, 그대들은 삶을 향해.

하지만 우리 중 과연 누가 더 나은 세계로 향하는지는

신 이외에는 아무도 모르는 일입니다.

* 본 연설문은 소크라테스가 사형 선고를 받고 재판관 앞에서 토로한 영혼의 고백을 일부 발췌한 것입니다. 사형 선고에 대한 변론으로, 철학적 가치가 높은 역사적인 자료입니다.

쓰는 시간　　월　　일　　시

직감과 실패, 그리고 행복을 찾는 것

내가 지금껏 들은 말 중 가장 좋았던 칭찬이 기억납니다.

처음 시카고에서 일을 시작했을 때

어느 리포터와 인터뷰한 적이 있습니다.

그리고 몇 년 후 그녀를 다시 만났는데, 그녀가 내게

"그거 아세요? 정말 하나도 안 변하셨어요.

더 오프라다워진 것 같아요"라고 말했습니다.

점점 더 나다워지는 것!

이것이 우리 모두가 진정 노력해야 하는 것 아닐까요.

(중략)

• **오프라 윈프리**Oprah Winfrey

토크쇼의 여왕으로 불리는 미국의 방송인(1954~)입니다. 1986년부터 2011년 5월까지 25년간 미국 CBS에서 '오프라 윈프리쇼'를 진행했습니다. 오프라 윈프리쇼는 미국 내 시청자만 2,200만 명에 달하고, 세계 140개국에서 방영될 정도로 큰 인기를 끌었습니다.

쓰는 시간 월 일 시

옳지 않다고 느껴지면 하지 마세요.

이것이 내가 얻은 교훈입니다.

이 교훈 하나가 여러분을 많은 슬픔에서 건져 내 줄 것입니다.

(중략)

뭘 해야 할지 모를 때가 많습니다.

그럴 때는 뭘 해야 할지 알기 전까지 가만히, 아주 가만히 계십시오.

내면의 동기가 나를 이끌 때까지 가만히 기다린다면,

여러분 개인의 삶이 개선될 것입니다.

나아가 일터에서도 경쟁력이 생길 것입니다.

(중략)

쓰는 시간 월 일 시

잘은 모르지만,

사람들은 모두 유명해지고 싶어 하는 것 같습니다.

하지만 유명세라는 건 아주 짧은 여행에 불과합니다.

여러분이 유명해지면 사람들은 화장실까지 쫓아와

애를 써가며 조용히 소변을 보는데도 그 소리를 듣고

"어머, 소변을 본 사람이 당신이었군요"라고 말할 것입니다.

이것이 유명세라는 아주 짧은 여행입니다.

그걸 당신이 좋아할지 모르겠네요.

* 본 연설문은 오프라 윈프리가 2008년 스탠퍼드대 졸업식에서 행한 연설을 일부 발췌한 것입니다. 오프라 윈프리는 이 연설에서 자신의 삶에 영향을 미쳤던 교훈에 대해 이야기합니다.

쓰는 시간 월 일 시

계속 갈망하라, 우직하게 도전하라

나는 실패자의 본보기였습니다.
오죽하면 실리콘 밸리에서 도망갈 생각까지 했을까요.
그러나 마음속에서 뭔가 천천히 꿈틀거리기 시작했습니다.
애플에서 해고당했지만 나는 아직 내 일을 사랑하고 있었고,
그 사랑은 식지 않았습니다.
그래서 나는 다시 시작하기로 했습니다.

(중략)

• **스티브 잡스**Steve Jobs
미국의 기업가이며 애플의 창업자(1955~2011)입니다. 매킨토시 컴퓨터를 선보이며 성공을 거두었지만, 회사 내부 사정으로 애플을 떠나 넥스트라는 회사를 세웠습니다. 그 후 애플이 넥스트를 인수하면서 경영 컨설턴트로 복귀했습니다. 애플 CEO로 활동하며 아이폰, 아이패드를 출시해 IT 업계에 새로운 바람을 불러일으켰습니다.

쓰는 시간 월 일 시

내가 애플에서 해고당하지 않았다면,

아마 아무 일도 일어나지 않았을 것입니다.

그것은 입에 쓴 약이었지만,

내게 꼭 필요한 것이었습니다.

길을 가다 벽돌로 뒤통수를 얻어맞듯이

인생은 가끔 우리를 배신할 때도 있습니다.

믿음을 잃지 마세요.

내가 계속 앞으로 나아갈 수 있었던 이유는

오직 일에 대한 사랑이었습니다.

사랑하는 일을 찾아야 합니다.

여러분의 일을 연인처럼 여기십시오.

여러분의 일이 인생의 큰 부분을 채울 것입니다.

(중략)

쓰는 시간 월 일 시

항상 내 자신에게 바라는 말이 있습니다.

"계속 갈망하라. 우직하게 도전하라."

그리고 지금

새로운 시작을 앞둔 졸업생 여러분에게 같은 바람을 전합니다.

"계속 갈망하라. 우직하게 도전하라."

* 본 연설문은 스티브 잡스가 2005년 스탠퍼드대 졸업식에서 행한 연설을 일부 발췌한 것입니다. 스티브 잡스의 명언으로 회자되는 "계속 갈망하라. 우직하게 도전하라"를 남긴 연설입니다.

쓰는 시간 월 일 시

우리는 승리할 것입니다

우리가 모든 적을 물리치고,

우리의 재산을 배로 증가시키고,

우주의 별들을 정복하더라도

불평등한 흑인 인권 문제가 그대로 남아 있다면

우리는 한 국민으로서, 한 국가로서 실패한 것으로밖에 볼 수 없습니다.

(중략)

• **린든 B. 존슨**Lyndon Baines Johnson

미국의 제36대 대통령(1908~1973)입니다. 대통령 후보 지명전에서 존 F. 케네디에게 패하고 부통령이 되었지만, 케네디가 암살당한 후 제36대 대통령이 되어 많은 진보적 정책을 실현했습니다. 1964년 재선된 존슨은 사회적 · 경제적 개혁의 일환으로 복지 정책을 적극적으로 추진했습니다.

쓰는 시간 월 일 시

사람에 따라 다른 잣대를 적용하거나

피부색, 인종, 종교, 출생지를 이유로 기회를 박탈하는 것은

바로 불의를 자행하는 것입니다.

더 나아가 미국을 거부하는 것이고,

미국의 자유를 위해

자신의 목숨을 바쳤던 모든 이들에게 불명예를 안기는 것입니다.

* 본 연설문은 린든 B. 존슨이 1965년 3월 15일 워싱턴 D.C.에서 행한 의회 연설 일부를 발췌한 것입니다.

쓰는 시간 월 일 시

철의 장막이 드리워져 있습니다

제가 본 그대로의 사실을 여러분께 말씀드리고,

유럽의 현 상황에 대한 확실한 사실을

여러분께 알리는 것이 저의 의무라고 생각합니다.

지금 발트해의 슈테틴부터 아드리아해의 트리에스테까지

대륙에 걸쳐 철의 장막이 드리워져 있습니다.

그 장막 뒤로 중부 유럽, 동부 유럽

고대 국가의 수도들이 놓여 있습니다.

• **윈스턴 처칠**Winston Leonard Spencer Churchill

영국의 정치가이자 저술가(1874~1965)입니다. 제1차 세계대전 때 해군 장관 · 군수 장관 · 육군 장관을 지냈으며, 제2차 세계대전 때는 연립 내각의 수상이 되어 전쟁을 승리로 이끌었습니다. 그림과 문필에도 뛰어나 《제2차 세계대전 회고록》으로 1953년 노벨문학상을 받았습니다.

* 본 연설문은 1946년 개인 자격으로 미국을 방문한 윈스턴 처칠이 웨스트민스터대에서 행한 연설을 일부 발췌한 것입니다.

쓰는 시간　월　일　시

“나는 베를린 시민입니다”

2천 년 전 최고의 자랑은
“나는 로마 시민입니다”였습니다.
그런데 바로 오늘 자유세계에서 최고의 자랑은
“나는 베를린 시민입니다”입니다.
(중략)
자유에는 많은 어려움이 따르고
민주주의는 완벽한 제도는 아닙니다.
그럼에도 불구하고 우리는 국민을 가둬 놓기 위해
결코 장벽을 세우지는 않습니다.

(중략)

• **존 F. 케네디**John Fitzgerald Kennedy
미국의 제35대 대통령(1917~1963)입니다. 1960년 최연소 대통령이 되어 ‘뉴 프런티어 정신’을 주창했습니다. 쿠바 사태를 해결했고, 소련과 부분적인 핵실험금지조약을 체결했으며, 중남미 여러 나라와 ‘진보를 위한 동맹’을 결성했습니다. 댈러스에서 유세 도중 암살당했습니다.

쓰는 시간 월 일 시

자유는 분리할 수 없는 가치입니다.

그래서 단 한 명이라도 노예가 된다면

모든 사람이 자유롭지 않게 됩니다.

(중략)

어디서 살든지 모든 자유인은 베를린 시민입니다.

그래서 나는 한 명의 자유인으로서

"나는 베를린 시민입니다"라는 말에 큰 자부심을 느낍니다.

* 본 연설문은 존 F. 케네디가 1963년 6월 26일 베를린의 브란덴부르크 장벽 앞에서 행한 연설 일부를 발췌한 것입니다.

쓰는 시간 월 일 시

킹의 연설

나에게는 꿈이 있습니다

나는 오늘 친애하는 여러분께
지금의 고난과 좌절에도 불구하고
나에게는 여전히 꿈이 있다는 것을 말씀드리고자 합니다.
그 꿈은 미국의 꿈에 깊이 뿌리내리고 있습니다.
나에게는 꿈이 있습니다.
언젠가 이 나라가 깨어나,
모든 인간은 평등하게 창조되었다는 진리를 자명한 것으로 받아들이고
그 참뜻을 실천하리라는 꿈입니다.

(중략)

• **마틴 루터 킹**Martin Luther King Jr.
미국의 침례교회 목사이자 흑인 해방운동가(1929~1968)입니다. 1968년 암살당할 때까지 비폭력주의의 원칙을 지키면서 흑인 차별 철폐 운동에 앞장섰습니다. 1964년에 노벨평화상을 받았고, 저서로는 《자유로의 위대한 걸음》 등이 있습니다.

쓰는 시간 월 일 시

나에게는 꿈이 있습니다.

언젠가 모든 골짜기가 메워지고,

모든 언덕이 높이 솟아오르고,

모든 산이 낮아지며,

거친 곳이 평평해지고,

굽은 곳이 곧게 펴지고,

주님의 영광이 드러나

모두 함께 그 광경을 지켜보는 꿈입니다.

이것이 우리의 희망입니다.

이것이 내가 남부로 돌아갈 때 지니고 갈 믿음입니다.

(중략)

이런 믿음이 있다면

우리는 함께 일하고,

함께 기도하며,

함께 투쟁하고,

함께 투옥되며,

함께 자유를 향한 사다리를 오를 것입니다.

언젠가는 우리가 자유로워질 것임을 알기 때문입니다.

* 본 연설문은 미국 역사에서 가장 훌륭한 연설 중 하나로 꼽히는 마틴 루터 킹의 'I have a dream'의 일부를 발췌한 것입니다. 링컨 기념관 앞에서 행한 연설입니다.

쓰는 시간 월 일 시

헨리의 연설

자유가 아니면 죽음을 달라

강한 자만이 싸울 수 있는 것은 아닙니다.

항상 경계하고 행동하고 용기를 가진 사람들도 싸울 수 있습니다.

여러분! 우리에게는 다른 선택의 여지가 없습니다.

만약 우리가 비열하게도 다른 선택을 원한다고 하더라도

전쟁에서 물러나기엔 이미 너무 늦었습니다.

(중략)

- **패트릭 헨리**Patrick Henry

  미국 독립 혁명의 지도자(1736~1799)입니다. 대륙회의에서 활약했으며, 인지조례 반대 운동을 이끌었습니다. 1775년 버지니아 비준 회의에서 '자유가 아니면 죽음을 달라'라는 연설로 유명해졌으며, 버지니아주 초대 지사를 지냈습니다.

쓰는 시간 월 일 시

사태를 완화시키려는 것은 이제 헛된 일입니다.

평화를 외쳐 대는 신사들도 있을 것입니다.

그러나 평화는 없습니다.

사실상 전쟁은 시작되었습니다.

다음에 북쪽에서 불어올 강풍은

무기가 맞부딪치는 소리를 우리 귀에 들려줄 것입니다.

(중략)

다른 사람들이 어떤 길을 택할지 나는 모릅니다.

하지만 내 입장은 이렇습니다.

"나에게 자유가 아니면 죽음을 달라!"

* 본 연설문은 패트릭 헨리가 1775년 3월 23일 버지니아 비준 회의에서 행한 연설을 일부 발췌한 것입니다.

쓰는 시간 월 일 시

작가 리스트

작품 리스트

잠들기 전 하루 10분
필사의 시간

1판 1쇄 인쇄 2025년 3월 17일
1판 1쇄 발행 2025년 3월 31일

지은이 유하
감수자 노동욱
펴낸이 김병우
펴낸곳 생각의창
주소 서울 서대문구 거북골로 120, 204-1202
등록 2020년 4월 1일 제2020-000044호

전화 031)947-8505
팩스 031)947-8506
이메일 saengchang@naver.com

ISBN 979-11-93748-04-6 (03800)